Drei neue Stücke von Jon Fosse, dem «Meister des Unheimlichen» (Theater heute): In *Sommertag* erwartet eine Frau die Rückkehr ihres Mannes, der vor Jahren auf dem Fjord verschwand. *Traum im Herbst* zeigt den Verlauf eines unfreiwilligen Familientreffens auf dem Friedhof. *Winter* erzählt die Amour fou zwischen einem braven Familienvater und einer rätselhaften Fremden. «Kein Effekt versperrt hier den Blick auf die scheinbar alltäglichen Konflikte und Seelennöte der Personen. Die poetische Klarheit ist sicher einer der Gründe, warum Fosses Dramen auch international so erfolgreich sind.» (Der Spiegel) «Fosse interessiert, was abläuft, wenn der Tod zuschlägt oder wenn ein Rivale auftaucht und eine Beziehung die Balance verliert. Ihn interessiert die Dynamik, die Energie, die sich dann im Spiel zwischen den Figuren entlädt.» (Neue Zürcher Zeitung) «Traurigschönes Theater schmerzhafter Heiterkeit.» (Frankfurter Rundschau)

Jon Fosse, 1959 in der norwegischen Küstenstadt Haugesund geboren, gilt als einer der wichtigsten europäischen Schriftsteller unserer Zeit. International bekannt wurde er zunächst durch seine mehr als dreißig Theaterstücke, die weltweit aufgeführt werden und ihm zahlreiche Preise einbrachten. Für seinen Roman «Trilogie» bekam er den Literaturpreis des Nordischen Rates verliehen. Auch die Bände seines Werks «Heptalogie» wurden mit zahlreichen Preisen ausgezeichnet und waren u. a. für den International Booker Prize nominiert. Seit 2022 ist Fosse Mitglied der Akademie der Künste in Berlin. 2023 wurde er mit dem Nobelpreis für Literatur ausgezeichnet.

Jon Fosse

# TRAUM IM HERBST

und andere Stücke

Deutsch von Hinrich Schmidt-Henkel

Rowohlt Taschenbuch Verlag

3. Auflage Oktober 2023

Deutsche Erstausgabe
Veröffentlicht im Rowohlt Taschenbuch Verlag,
Reinbek bei Hamburg, November 2001

Umschlaggestaltung any.way Cathrin Günther
(Umschlagabbildung: Thomas Fearnley [1802–1842]
«Boats and water lilies», 1855, mit freundlicher
Unterstützung der Nasjonal Galleriet, Norwegen)
Satz aus der Walbaum, QuarkXPress 4.04
Gesamtherstellung Clausen & Bosse, Leck
ISBN 978-3-499-23109-4

# Inhalt

(Ein sommars dag)

# SOMMERTAG

## Personen

DIE FRAU (ÄLTER)
DIE FRAU (JUNG)
DIE FREUNDIN (ÄLTER)
DIE FREUNDIN (JUNG)
DER MANN
ASLE

## Ort

EIN HAUS IN DER NÄHE DES FJORDES

# I

*Dunkel. Licht an. Das Wohnzimmer in einem älteren großen Haus in der Nähe des Fjordes. Die ältere Frau steht am Fenster und schaut hinaus. Ihre gleichaltrige Freundin sitzt auf dem Sofa. Sie steht auf und geht einen Schritt auf die Frau zu. Diese schaut sie an*

ÄLTERE FRAU
*Zu ihr*
Willst du gehen

ÄLTERE FREUNDIN
Ja ich dachte ich geh mal spazieren
runter zum Fjord
Es ist so schön da
am Wasser
So ein schöner
Sommertag
Und es dauert noch ein bisschen bis er kommt
und mich abholt
Er hat ja was
in der Stadt zu tun

ÄLTERE FRAU
Ja

ÄLTERE FREUNDIN
Kommst du mit

ÄLTERE FRAU
Nein ich glaube ich bleibe hier
*Kurze Pause. Dreht sich wieder zum Fenster*

ÄLTERE FREUNDIN
*Lacht*
Willst du jetzt da stehen
und aus dem Fenster schauen

schon wieder
Kriegst du das nie über
Wenn ich an dich denke
soll ich dir das mal sagen
sehe ich dich immer an dem Fenster da
wie du aufs Wasser schaust

ÄLTERE FRAU
Ja das tue ich oft

ÄLTERE FREUNDIN
Stimmt
so sehe ich dich immer
Kriegst du das nie über

ÄLTERE FRAU
Ich denke da nicht drüber nach

ÄLTERE FREUNDIN
Nein
*Kurze Pause*
Ja ich geh dann mal
ein bisschen
*Geht zur Tür nach rechts, bleibt stehen,*
*schaut die ältere Frau an*
Ich geh zum Wasser
Es ist ein schöner Tag

ÄLTERE FRAU
*Schaut sie an*
Ja tu das ruhig

ÄLTERE FREUNDIN
Du willst nicht mit

ÄLTERE FRAU
Nein ich glaube nicht

ÄLTERE FREUNDIN
Nein ich weiß schon
dass es dir nicht so gefällt
unten am Wasser

ÄLTERE FRAU
Nein

ÄLTERE FREUNDIN
Ich geh
dann
also

ÄLTERE FRAU
Ja
tu das
*Die ältere Freundin geht nach rechts ab, und die ältere Frau dreht sich wieder zum Fenster. Sie steht da und sieht hinaus.*
*Pause*

## II

ÄLTERE FRAU
*Dreht sich um, geht wenige Schritte in das Zimmer*
Wenn ich an dem Fenster da stehe
*Schaut kurz zum Fenster*
kann ich ihn sehen
*Kurze Pause*
Es war ein Tag wie heute
nur dass Herbst war
meine Freundin war zu Besuch
Ist viele Jahre her
jetzt
Aber ich sehe ihn immer noch vor mir
wie er geht

zum Wasser runter
Ich sehe wie er zum Wasser geht
Vielleicht dreht er sich um
winkt vielleicht
falls es ihm einfällt
oder wenn er in Gedanken runtergeht
dreht er sich vielleicht nicht um
Ich sehe ihn immer noch vor mir
wie er runtergeht
zum Wasser
Und ich sehe ihn vor mir
wie er den Weg hoch kommt
Vielleicht trägt er einen Eimer mit Fischen
wenn er Glück gehabt hat
Oder er trägt eine Forelle
einen Lachs
und dann könnte ich sehen wie stolz er ist
*Lacht*
So war es ja auch
Aber das ist alles lange her
jetzt
Alles weit weg
*Kurze Pause*
und bald ist alles verschwunden
bald
ist alles weg
Mit mir verschwindet alles
Er ist ja auch
schon lange
weg
er war hier
und dann war er weg auf einmal
*Schaut sich im Zimmer um*
Hier haben wir gewohnt
er und ich
hier haben wir zusammen gewohnt
*Kurze Pause*
Wir haben hier gewohnt

zusammen
Wir haben das Haus gekauft
Und sind aus der Stadt hergezogen
und haben hier gewohnt
er und ich
wir beide
*Lächelt*
Und das Haus steht immer noch
wie damals
Ich habe nichts verändert
fast nichts
*Schaut sich um, geht herum, richtet ein Foto gerade, verrückt kleine Gegenstände*
Ja
*Blickt auf*
Fast alles ist noch so
wie damals
Ich mag keine Veränderungen
Aber trotzdem
nach so vielen Jahren
habe ich immer noch nicht begriffen
was mit ihm passiert ist
an dem Herbsttag damals
dem Tag als meine Freundin
zu Besuch war
wie heute
egal wie viel ich darüber nachdenke
ich begreife nicht was passiert ist
*Kurze Pause*
Vielleicht kann ich sagen dass es mich gequält hat
aber das klingt wahrscheinlich falsch
es war wohl eher so dass
Nein ich weiß nicht
Es war eigentlich immer
mein Leben lang
wie eine Frage
wie ein Ruf
Denn wir hatten uns ja gefunden

und dann
genauso plötzlich wie wir uns gefunden hatten
mussten wir weg
voneinander
Aber so ist das Leben
Mit so was muss man leben
So ist es eben
im Leben
*Schritte. Die ältere Frau sieht die junge Frau langsam von rechts hereinkommen, bis mitten ins Zimmer, wo sie sich umschaut, dann geht sie herum – ebenso wie die ältere Frau zuvor – und richtet ein Foto gerade, verrückt kleine Gegenstände, wobei sie die ältere Frau nicht zu bemerken scheint, die sie ansieht und ihr sanft zulächelt, um dann nach links abzugehen; die junge Frau nimmt ihren Platz am Fenster ein. Dann dreht sie sich um, geht wieder ein wenig im Zimmer umher, dann hört man Schritte, und Asle kommt von rechts herein. Asle und die junge Frau nicken einander zu*

JUNGE FRAU

Nett dass du auch mal reinschaust

ASLE

Warum sagst du das

JUNGE FRAU

Ich sehe dich so selten

ASLE

Aber ich bin die ganze Zeit da
bin ich

JUNGE FRAU

Ja irgendwie schon
aber
*Asle sieht sie an. Pause. Sie schaut ihn an*
Du wirkst so nervös
Stimmt was nicht

ASLE

Nein
*Kurze Pause*
Nein es ist nichts

JUNGE FRAU

Geht es dir nicht gut

ASLE

Doch
*Zögert*

JUNGE FRAU

Quält dich was

ASLE

Nein nein

JUNGE FRAU

Fühlst du dich hier nicht wohl
Hätten wir nicht hierher ziehen sollen
Willst du nicht mehr
mit mir zusammen sein

ASLE

Doch
Das ist es nicht
Aber hier ist es so ruhig
da werde ich ganz unruhig
wenn ich hier bin
sozusagen
*Lacht kurz*
Nein ich weiß nicht

JUNGE FRAU

Hier ist nicht gerade viel los
stimmt schon
Aber das haben wir ja gewollt

in der Stadt
wollten wir doch nicht mehr wohnen

ASLE

Ja
Aber es kann auch zu still sein
nicht
kein Mensch zu sehen
fast keine Autos
nur manchmal ein Auto
unten auf der Straße

JUNGE FRAU

*Lacht*
Aber das haben wir ja gewollt
Wir wollten nicht mehr in der Stadt drin wohnen
mit den vielen Menschen
den vielen Autos

ASLE

Ja

JUNGE FRAU

Du hast doch selber
so gern
aus der Stadt weggewollt

ASLE

Du auch

JUNGE FRAU

Ja ich auch
Versteh mich nicht falsch
*Kurze Pause*
Aber jetzt sind wir weggezogen
aus der Stadt
Jetzt haben wir
ein schönes altes Haus

am Fjord
So wolltest du doch gern wohnen
hattest du gesagt
Jetzt sind wir hier
und du bist trotzdem
nicht zufrieden
Du bist fast unzufriedener
als jemals zuvor
Ist es ganz anders
als du gedacht hast

ASLE
Nein
vielleicht
Aber hier ist es
so still

JUNGE FRAU
Ja ich merke dass du nervös bist
Aber kannst du nicht
einfach versuchen dich zu freuen
über unser schönes Haus
und dass es so still ist
kannst du nicht
auch still werden
statt dir immer Sorgen zu machen
irgendwie
Du musst einfach Ruhe finden
irgendwie
Ich glaube

ASLE
*Spricht dazwischen*
Ja

JUNGE FRAU
*Spricht weiter*
egal wo du bist

egal wo du wohnst
es wäre immer dasselbe
In der Stadt fühlst du dich nicht wohl
Und hier auch nicht
Und es wäre dasselbe
egal wo du wohnst
Du würdest immer
woanders wohnen wollen
So bist du eben

ASLE
Vielleicht
*Kurze Pause*
Aber du fühlst dich wohl
*Sie nickt*
Ja ich mich auch glaube ich
Das ist es nicht
Ich bin nur so nervös
oder so
Nein ich weiß nicht

JUNGE FRAU
Ich merke das
Oder liegt es an mir
hast du mich über
Liebst du mich
nicht mehr

ASLE
Doch doch
Das ist es nicht
Denk nicht so was
Du bist doch
immer so gut zu mir
du
*Kurze Pause*

JUNGE FRAU

Ich mache mir Sorgen
denke dass du
mich nicht mehr magst
wenn du so bist
dann denke ich das
Ich glaube fast
du hast mich über

ASLE

Nein nein
Das darfst du nicht denken
So ist es nicht

JUNGE FRAU

Nein ich weiß schon
aber

ASLE

Wollte heute nicht
deine Freundin kommen
Die
*Bricht ab*
Oder

JUNGE FRAU

Ja sie hat gesagt sie schaut vorbei
sie kommt mit dem Auto her

ASLE

Ja

JUNGE FRAU

*Lacht kurz*
Hältst du es nicht aus
dass sie kommt

ASLE
Nein
*Zögert*
das nicht unbedingt
*Kurze Pause*
Kommt ihr Mann
auch mit

JUNGE FRAU
Ich weiß nicht
Aber ich glaube nein
*Lacht kurz*
Du wirst ja völlig
menschenscheu
hier draußen

ASLE
Kann man leicht
wenn man so wohnt

JUNGE FRAU
Aber so geht das nicht
*Geht ans Fenster, schaut hinaus, dreht sich zu ihm um*
Heut ist es zwar nicht gerade schön draußen
kein Sonnentag
aber schlecht
ist es auch nicht
heute
Wenn man bedenkt dass schon richtig Herbst ist
kann man nicht mehr erwarten

ASLE
*Geht zum Fenster, schaut hinaus*
Regnet ein bisschen
oder
*Kurze Pause*
Aber ein schöner Herbsttag
Klar und kalt

JUNGE FRAU
Aber es regnet ein bisschen

ASLE
Ja ich glaube
kann man nicht richtig sehen
Vielleicht regnet es ein bisschen

JUNGE FRAU
Ich glaube es regnet ein bisschen
Aber ich bin nicht sicher
*Kurze Pause*
Sollen wir draußen nachsehen

ASLE
Können wir gern

JUNGE FRAU
*Geht nach rechts zur Tür, dreht sich um und sieht Asle an, der stehen geblieben ist und leer vor sich hin schaut*
Komm schon
Steh nicht rum und grübele

ASLE
*Schaut auf*
Ja ich komme
*Geht zur jungen Frau, beide gehen nach rechts ab; unterdessen kommt die ältere Frau langsam von links, bleibt stehen und sieht ihnen mit traurigem Lächeln nach, geht dann ein wenig umher und betrachtet das Zimmer*

ÄLTERE FRAU
*Blickt auf, für sich*
Alles so lange her
aber ich erinnere mich
*Kurze Pause*
jedenfalls an diesen einen Tag
als wäre es eben erst passiert
kann ich mich daran erinnern

Ein schöner Herbsttag war das
Klar
und weder zu warm noch zu kalt
Wir sind rausgegangen
nachsehen ob es regnet
Natürlich hat es geregnet
aber nur ein bisschen
Und wir sind stehen geblieben
draußen eine Zeit lang in dem Nieselregen
Und dann um das Haus herumgegangen
und haben es angesehen
und er hat gesagt dass das Haus gestrichen werden muss
dass es neue Regenbretter
über den Fenstern braucht
so Sachen die er immer sagte
sagte er da
Und wir fanden es beide
ein schönes Haus
groß und schön
weiß und schön
Aber wenn wir nicht nass werden wollten
mussten wir
wieder rein
und zwar schnell
Also sind wir schnell wieder reingegangen
*Schritte. Die ältere Frau tritt zum Fenster und sieht hinaus. Die junge Frau kommt rasch von rechts herein, hält kurz mitten im Zimmer inne, schaut zur Tür, wo Asle gleich darauf erscheint*

JUNGE FRAU
*Lächelt Asle zu*
Aber auf jeden Fall
haben wir jetzt ein schönes Haus
was
Und es liegt auch so schön
am Fjord
Nicht wahr

ASLE

Ja hier ist es sehr schön
Wir haben Glück gehabt
Es ist nicht leicht
ein so schönes Haus zu finden
Wir haben ja auch lang gesucht
bis wir endlich eins gefunden haben

JUNGE FRAU

Ja das hat gedauert

ASLE

Und zum Schluss haben wir ein schönes Haus gefunden
*Kurze Pause*
Aber ich sehe dass noch viel gemacht werden muss
Ich hätte das im Sommer
machen sollen
Aber jetzt

JUNGE FRAU

*Lacht*
Ja jetzt ist es langsam
ein bisschen spät im Jahr
Aber so eilig
wird es schon nicht sein
*Asle geht zum Sofa, setzt sich hin. Pause*
Was machst du dann
heute
also

ASLE

Ich glaub ich fahr ein bisschen auf den Fjord raus

JUNGE FRAU

Schon wieder

ASLE

Ja ich glaub

JUNGE FRAU
Du bist fast nie zu Hause

ASLE
Doch

JUNGE FRAU
Du bist fast immer
auf dem Wasser draußen
nie zu Hause
fast nie

ASLE
Viel mehr kann man hier
nicht anfangen
als auf den Fjord fahren

JUNGE FRAU
Aber du bist fast mehr da draußen
als zu Hause
So wirkt es jedenfalls

ASLE
Ja vielleicht wirkt es so
aber ich bin viel mehr zu Hause
hier mit dir
Und außerdem
*Kurze Pause*
gefällt es mir so gut draußen auf dem Fjord

JUNGE FRAU
Ich habe nie verstanden
was daran so schön sein soll
draußen auf dem Wasser
in einem kleinen Boot
Stundenlang
in einem kleinen Boot
Du sitzt da draußen

mitten auf dem Fjord
stundenlang
den ganzen Tag
den ganzen Abend
bis es dunkel wird
sitzt du da manchmal
mitten auf dem Fjord
in deinem kleinen Boot
Was ist da nur so toll
dran
Kalt
und scheußlich
muss das sein
vor allem jetzt im Herbst
Und todlangweilig

ASLE
Ja langweilig vielleicht
Ich weiß nicht
Aber mir gefällt es

JUNGE FRAU
Was daran
gefällt dir so

ASLE
Nein ich weiß nicht richtig

JUNGE FRAU
Du musst es doch wissen
Irgendwas muss es ja sein

ASLE
Ja
Ja ich weiß nicht

JUNGE FRAU
Sag schon

ASLE
Nein ich weiß nicht
Ich mag es einfach weil
Nein ich weiß nicht richtig

JUNGE FRAU
Weißt du doch

ASLE
Ja die Wellen wahrscheinlich
vielleicht
Glaube ich

JUNGE FRAU
*Fragt*
Wellen

ASLE
Ja
Ich sitze wohl einfach gern da
und spüre wie die Wellen
kommen und gehen
vielleicht
und dann mag ich wohl
wie das Boot schaukelt
auf und ab
*Lacht. Kurze Pause*
Und ich sehe gern aufs Wasser
Und ich denke gern darüber nach
wie unglaublich weit es bis zum Grund ist
Du weißt ja der Fjord ist sehr tief
Einer der tiefsten Fjorde
im Land
ist das
Ich sitze in dem kleinen Boot
Und die Wellen schaukeln mich
Und es ist weit bis zum Land
Und das Boot ist klein

ein dünner Rumpf
zwischen mir und dem Wasser
zwischen mir und dieser Tiefe
Das Boot schaukelt auf und ab
auf und ab
und der Wind bläst mir ins Haar
und ich bin allein
*Schaut sie an*
denn du willst ja fast nie mit
Und dann sitze ich da
und die Wellen schaukeln
das Boot auf und ab
und die Zeit vergeht
und
*Kurze Pause*
Du solltest auch ab und zu
mal mitkommen

JUNGE FRAU
Nein
Du weißt doch
ich fühle mich nicht wohl
draußen auf dem Wasser
Ich habe Angst
und mir ist langweilig

ASLE
Ja ich weiß schon
dass es dir so geht
Ich sage nichts dagegen
So bist du eben
Kann ich verstehen

JUNGE FRAU
Ja so bin ich immer gewesen
Ich habe mich nie wohl gefühlt
auf dem Wasser
*Kurze Pause*

Aber
*Schaut ihn an*
dass du heute so gern
auf den Fjord raus willst
ist doch nicht
weil meine Freundin kommt
oder

ASLE
Nein
Ich fahre ja sowieso
auf den Fjord raus
Aber
*Lacht kurz*
ich bin ja auch
wie du sagst
etwas menschenscheu geworden
das heißt
ich bin immer so gewesen
aber ehrlich gesagt
besser ist es auch nicht unbedingt geworden
seit wir hier rausgezogen sind

JUNGE FRAU
Willst du darum auf den Fjord
weil sie kommt

ASLE
Nein
nicht nur darum
Aber auch darum
Ich will aufs Wasser
weil ich gern auf dem Wasser bin
und weil deine Freundin da
kommt
Beides
nicht

JUNGE FRAU

*Etwas forschend*
Aber du kennst sie doch
länger als ich

ASLE

Na und
was macht das

JUNGE FRAU

Nein ich weiß nicht
nein
*Kurze Pause*
Nein ich habe mich noch nie
wohl gefühlt auf dem Wasser
Ich kriege Angst
Ich finde es unheimlich
Ich weiß nicht
aber

ASLE

Ich fühle mich wahrscheinlich eher
so richtig geborgen
auf dem Wasser
Ja geborgen
Weil es nur ein bisschen
gefährlich ist
gar nicht so viel
vielleicht
fühle ich mich darum geborgen
irgendwie

JUNGE FRAU

Eine Schwimmweste könntest du aber
mal anziehen

ASLE

*Lacht*

Nein bloß nicht
Da kann ich ja gleich
an Land bleiben
oder

JUNGE FRAU
Ja ich weiß nicht
nein
*Kurze Pause*

ASLE
Wie lange bleibt deine Freundin hier

JUNGE FRAU
Nur kurz
ein paar Stunden
vielleicht

ASLE
Weißt du wann sie kommt

JUNGE FRAU
Sie hat gesagt heute Nachmittag
Aber nicht wann genau
sie kommen will
nur eben nachmittags

ASLE
*Lacht*
Ja da muss ich mich ranhalten

JUNGE FRAU
Aber du kennst sie doch

ASLE
Ja
darum nicht
*Kurze Pause*

Aber ich zieh mich mal an
und geh ein bisschen raus
erst mal

JUNGE FRAU
Wenn du unbedingt willst
bitte
Ich kann es dir nicht verbieten

ASLE
Ist ja wohl nicht schlimm
oder

JUNGE FRAU
Nein nein
geh du nur
*Asle geht nach rechts ab. Die junge Frau tritt ans Fenster, stellt sich neben die ältere Frau und schaut hinaus, scheint die ältere Frau aber nicht zu sehen und reagiert auch nicht auf sie; nach einer Weile tritt die ältere Frau einige Schritte in das Wohnzimmer hinein und stellt sich nach hinten links, schaut die junge Frau an, die nun vom Fenster weggeht, ungefähr in die Mitte des Raumes, und zur Tür rechts blickt; auch die ältere Frau schaut dorthin, Asle kommt herein, er trägt jetzt eine Regenjacke*

ASLE
*Zur jungen Frau*
Ich bin dann fertig

JUNGE FRAU
Natürlich wenn du
unbedingt aufs Wasser willst
bitte
Aber du könntest
Du bist fast nie mal zu Hause
Ja mir ist das ernst
Immer willst du nur aufs Wasser

ASLE

Ich dachte es ist dir recht
Hier ist ja auch nicht viel
zu tun
oder

JUNGE FRAU

Ja ja
Du wolltest doch
unbedingt wegziehen
hierher
Und du warst heute früh
auf dem Wasser
Und gestern Nachmittag auch
Was ist mit dir los
Du findest keine Ruhe
Ja geh nur
aber ich finde trotzdem du könntest
auch mal zu Hause sein

ASLE

*Geht zum Sofa und setzt sich hin; etwas neckend*
Aha
Also ich soll zu Hause bleiben

JUNGE FRAU

Nein so habe ich es nicht gemeint
Wenn du los willst
dann bitte
Ich halte dich nicht davon ab
Geh nur
du
bitte sehr

ASLE

*Etwas scherzhaft*
Nein ich bleibe zu Hause
Schon gut

JUNGE FRAU

Nein
Geh nur
Ich hätte das nicht sagen sollen
Wenn du willst
dann geh einfach
los
Ich halte dich nicht zurück
Geh ruhig
bitte
geh

ASLE

*Steht auf, zieht die Regenjacke aus, neckend*
Nein ich bleibe zu Hause

JUNGE FRAU

Nein geh jetzt
*Pause*
Ich meine es ernst
Geh jetzt
*Pause*
Fühlst du dich hier nicht wohl
Stimmt irgendwas nicht
Bist du nicht gern
mit mir zusammen
Was ist los
Was ist mit dir los
Du bist immer so unruhig
hast nie mal Ruhe
Willst immer aufs Wasser

ASLE

Und du willst nie mit
aufs Wasser
Heute nicht
natürlich
deine Freundin kommt ja

aber ab und zu
könntest du schon mitkommen
nicht wahr

JUNGE FRAU
Du weißt doch dass ich mich
auf dem Wasser nicht wohl fühle
Ich kriege so schnell Angst
Das Boot ist so klein
und obwohl wir im Fjord drin sind
kann die See ziemlich rau sein
Weißt du noch neulich

ASLE
Das war nicht gefährlich

JUNGE FRAU
Nein vielleicht nicht
Aber die Wellen sind ins Boot geschlagen

ASLE
Ein paar Mal
ja

JUNGE FRAU
Nein ich fühle mich nicht wohl auf dem Wasser

ASLE
Ja ich weiß
*Pause*

JUNGE FRAU
Also geh ruhig
los

ASLE
*Steht auf, zieht die Regenjacke wieder an*
Ja dann gehe ich

JUNGE FRAU

Ja tu das
*Kurze Pause*
Bleibst du lang

ASLE

Nein nicht so lang
*Asle nickt der jungen Frau zu und geht nach rechts ab, kommt gleich zurück und umarmt sie kurz, geht dann wieder hinaus. Die junge Frau steht da und sieht ihm nach, dann geht sie zum Sofa, auf dem er eben gesessen hat, nimmt ein Buch vom Boden auf und blättert darin.*
*Unterdessen geht die ältere Frau zum Fenster und schaut hinaus, dann legt die junge Frau das Buch wieder auf den Boden und geht ebenfalls zum Fenster, stellt sich neben die ältere Frau, verhält sich aber immer noch so, als würde sie die ältere Frau nicht sehen; dann öffnet die junge Frau das Fenster*

JUNGE FRAU

*Ruft*
Aber sei vorsichtig
und bleib nicht so lang fort

ASLE

*Antwortet von draußen*
Ja ja

JUNGE FRAU

Bleib nicht so lang fort

ASLE

Nein nein
Nur eine kleine Runde

JUNGE FRAU

Wie lange denn

ASLE

Nein nicht lange
Ich weiß nicht genau wann ich nach Hause komme
Aber ich bleibe nicht lang
*Die junge Frau reckt den Arm aus dem Fenster und winkt, dann schließt sie das Fenster wieder und schaut hinaus, äußerlich weitgehend unbewegt, während die ältere Frau langsam durch das Zimmer geht*

ÄLTERE FRAU

Und da stand ich dann
*Sieht kurz zur jüngeren Frau*
und sah ihm nach
wie er die Straße runterging
zum Wasser
aber er drehte sich nicht um
und auf einmal war ich so unruhig
eine ganz unerklärliche Unruhe kam über mich
*Die junge Frau geht etwas im Zimmer umher*
aber ich nahm das nicht wichtig
diese Unruhe die über mich kam
das hatte nichts zu sagen
nichts zu bedeuten dachte ich
nur so ein Gefühl auf einmal
und dann dachte ich ich muss ihm nach
ihn bitten dass er zurückkommt
*Die junge Frau geht zum Fenster, schaut hinaus*
ich wollte ihn bitten
dass er nicht aufs Wasser fährt
aber dann fiel mir meine Freundin ein
dass die kommen könnte jeden Augenblick
und dann musste ich ja hier sein
wenn sie kam
dachte ich
und weil meine Freundin kommen wollte
war es ja egal dass er nicht hier war
eigentlich
denn so konnte ich mit ihr allein sein

dachte ich
und das wäre ja lustiger
mit ihr allein zu sein
als mit ihm dabei
dachte ich
und ich dachte diese Unruhe
hätte nichts zu sagen
Nur so eine gewöhnliche Unruhe
um die ich mich nicht kümmern musste
die Unruhe war nur
eingebildet
grundlos
dachte ich
*Die junge Frau geht zum Sofa, setzt sich,*
*nimmt das Buch vom Boden*
und setzte mich hin
versuchte zu lesen
*Die junge Frau beginnt zu lesen*
aber ich war so unruhig dass ich
nicht lesen konnte
so abgelenkt war ich
*Die junge Frau legt das Buch wieder auf den Boden*
und blieb einfach sitzen und starrte in die Luft
*Die junge Frau sitzt da*
ohne etwas zu tun
aber ich war derart unruhig
dass ich wieder
zum Fenster ging
*Die junge Frau geht zum Fenster und schaut hinaus*
um nach ihm Ausschau zu halten
aber ich sah weder ihn noch das Boot
und dachte nein
jetzt muss ich mal aufhören
sonst werde ich noch verrückt
dachte ich
*Die ältere Frau wendet sich zu der jungen Frau um,*
*dann wieder von ihr ab*
Was hat er bloß

dachte ich wie ich da stand
Irgendwas musste er haben
Mochte er mich nicht mehr
dachte ich
Fühlt er sich nicht mehr wohl mit mir
Irgendetwas quälte ihn
Das war ganz klar
Nie wollte er zu Hause sein
immer aufs Wasser raus
also hatte er doch was
Aber was
Wusste er es überhaupt selbst
Er fand drinnen einfach keine Ruhe
Wollte immer aufs Wasser raus
die ganze Zeit
Jetzt
wo wir endlich in dem Haus wohnten
von dem wir so lange geträumt hatten
war diese Unruhe
diese Dunkelheit
über ihn gekommen
etwas das ich nicht begriff
und er
genauso wenig
war über ihn gekommen
wie er da
mit der Angel herumlief
in der Regenjacke
und an die Regenbretter dachte
die ausgewechselt werden mussten
oder dass das Haus gestrichen werden müsste
dass es schwierig sein würde
mit der Leiter bis zum First zu kommen
so was dachte er die ganze Zeit
und er wusste selber nicht
– das war mir auf einmal klar
als ich da am Fenster stand
und zum Fjord hinuntersah –

was ihn so quälte
Aber irgendwas war
so viel war sicher
irgendwas
Und ich stand da
und spürte meine eigene große Unruhe
und beschloss dass es keinen Grund gab
unruhig zu sein
Denn er war ja
genau besehen
unverändert
so wie immer
Er hatte nichts gesagt
nichts getan
das anders war als sonst
Aber irgendwas hatte er
Irgendwas anderes
Und ich war immer unruhiger
und dann hatte ich die Idee
*Die junge Frau schaut zur Tür rechts*
ins Schlafzimmer hochzugehen
einfach so die Idee
und ging ins Schlafzimmer hoch
*Die junge Frau geht nach rechts ab*
und dort
als ich hineinkam
hatte er seine Kleider so ordentlich hingelegt
sauber gefaltet
wie ich sie noch nie gesehen hatte
und ich nahm eins von seinen Hemden
sah es an
schnupperte daran
und legte es wieder zusammen
zurück auf den Stapel
wo er es hingelegt hatte
mit seinen anderen Hemden
so sauber
hatte er seine Hemden zusammengelegt

und auf einmal war ich unendlich traurig
ich wusste nicht richtig warum
aber so war es
und ich setzte mich auf unser Bett
saß da und schaute auf die ordentlichen Stapel
mit seinen Kleidern
und dachte dass unser Schlafzimmer
noch nie so aufgeräumt und hübsch gewesen ist
alles irgendwie an seinem Platz
was hatte das zu bedeuten
dachte ich
und da wurde ich noch viel unruhiger
was hatte er jetzt vor
dachte ich
warum hatte er seine Sachen so ordentlich gefaltet
dachte ich
und war so unsagbar traurig
aber dann dachte ich
dass er doch genau wie immer war
dass nichts Ungewöhnliches
an ihm war
er war genauso
wie immer
ein bisschen unruhig
zurzeit
mehr nicht
Aber irgendwas hatte er doch
Ich überlegte
wollte herausfinden was
aber ich schaffte es nicht
keine Ahnung was es war
Gefällt es ihm nicht hier draußen
Gefällt es ihm nicht mit mir
Was hatte er bloß
Aber er hatte ja hier rausziehen wollen
aus der Stadt weg
und anfangs ging ja alles
ganz gut

Aber dann
Ja dann kam etwas über ihn
Ich weiß nicht was
Aber er fuhr immer öfter auf den Fjord
manchmal fährt er an einem Tag
mehrmals auf den Fjord
aber er bleibt immer nur
eine Stunde oder zwei
dann kommt er wieder heim
und dann ist er eine Weile hier
und dann kommt er
und sagt dass er wieder aufs Wasser will
*Die ältere Frau geht zum Fenster und schaut hinaus,*
*dann geht sie wieder ins Zimmer zurück*
Ich war derart unruhig
und so unsagbar traurig
dass ich zum Wasser runter wollte nach ihm sehen
*Die junge Frau kommt herein, sie trägt eine Regenjacke,*
*schaut sich im Zimmer um, geht dann rasch wieder hinaus*
Ja so war es
Und ich ging zum Wasser
nach ihm sehen
und dann stand ich auf unserem Steg
und schaute und schaute über das Wasser
und die Wellen schlugen gegen den Steg
denn es war Wind aufgekommen
und es regnete jetzt stärker
und ich stand da und hörte
wie die Wellen an den Steg schlugen
und ich drehte mich um
sah den Bootsschuppen
und ging hinein
und auch hier drin war alles so ordentlich aufgeräumt
und ich ging aus dem Halbdunkel hinaus
stand auf dem Steg und schaute übers Wasser
und konnte nirgends ein Boot sehen
Und ich dachte dass ich hier nicht stehen bleiben konnte
denn vielleicht war meine Freundin schon da

also musste ich wieder hoch
aber ich wollte nicht
wollte nur hier stehen
merkte ich
aber ich musste hoch
außerdem war es kalt
ich fror
und jetzt regnete es richtig
also musste ich wieder hochgehen
dachte ich
und ging hoch
und dabei merkte ich
wie der Wind immer stärker wurde
und es noch stärker regnete
Ich ging hoch
und versuchte zu denken
dass ich mir keine Sorgen machen musste
dachte ich
Das war nur Einbildung
dachte ich
er war doch schon so oft auf dem Fjord gewesen
bei so einem Wetter
dachte ich
und ging hoch
und als ich zu unserem Haus kam
unserem schönen weißen Haus
sah ich dass meine Freundin
schon davor stand
sie war schon da
und ich rief ihr zu
winkte
sie rief zurück
winkte auch
und fragte wo ich gewesen bin
und ich sagte dass ich nur ein bisschen spazieren war
Und sie sagte gut dass ich zurück war
denn ihr war so kalt
Schreckliches Wetter

sagte sie
Regen und Wind
Sie war schon ziemlich nass
sagte sie
und dann gingen wir rein
*Die ältere Frau schaut zur Tür rechts; die junge Frau kommt mit etwas feuchtem Haar herein, gefolgt von der jungen Freundin, deren Haar ebenfalls feucht ist, die beiden jungen Frauen schauen einander an, schütteln sich ein bisschen, während die ältere Frau recht rasch nach links abgeht. Die junge Freundin setzt sich aufs Sofa. Die junge Frau geht zum Fenster und schaut hinaus*

JUNGE FREUNDIN
*Dreht sich zur jungen Frau um*
Wirklich hübsch hier

JUNGE FRAU
*Dreht sich zu ihr um*
Ja

JUNGE FREUNDIN
Ihr habt wirklich Glück
dass ihr das hier gefunden habt

JUNGE FRAU
Ja das finden wir auch
Aber komm mal her
und schau dir die Aussicht an

JUNGE FREUNDIN
*Steht auf und tritt neben die junge Frau ans Fenster. Beide schauen hinaus. Die junge Freundin sieht die junge Frau an*
Wirklich hübsch
Sogar bei diesem Regen
kann man ziemlich weit über den Fjord sehen
und schau mal da weit draußen
ist das nicht ein kleines Boot
mitten in den Wellen

JUNGE FRAU

*Schaut die junge Freundin an*
Das ist vielleicht Asle

JUNGE FREUNDIN

*Etwas überrascht*
Ach ihr habt ein Boot

JUNGE FRAU

*Geht auf das Sofa zu*
Ja und Asle
*Lacht kurz*
ist viel auf dem Wasser
fast die ganze Zeit

JUNGE FREUNDIN

*Geht zu ihr*
Ich habe gar nicht gewusst
dass ihm so was liegt

JUNGE FRAU

*Lacht kurz*
Nein
Ob ihm so was liegt
weiß ich auch nicht
nein
aber er ist jedenfalls
viel auf dem Wasser
Ich weiß nicht warum

JUNGE FREUNDIN

Und bei jedem Wetter

JUNGE FRAU

Ja
fast egal bei welchem
Heute
Heute war er vormittags draußen

Und jetzt schon wieder
Und gestern Nachmittag auch

JUNGE FREUNDIN
Besonders lustig kann das nicht sein
bei so einem Wetter
Hat er denn ein großes Boot
*Die junge Frau schüttelt den Kopf*
Nur ein Ruderboot

JUNGE FRAU
Ja
Ein altes Holzboot

JUNGE FREUNDIN
Nein schön
kann es bei diesem Wetter nicht sein
draußen auf dem Fjord
Wie das regnet
und windet
nein

JUNGE FRAU
Ja
Nein ich weiß nicht warum
er immer raus will
Zu Hause
ist er jedenfalls nicht gern
*Lacht kurz*
Er ist fast immer
da draußen
Ich weiß nicht was das ist
Vielleicht will er nicht mit mir
zusammen sein
denke ich jedenfalls

JUNGE FREUNDIN
Doch das will er sicher

Er ist wohl einfach nur gern
draußen auf dem Wasser
Er hat so lange
in der Stadt gewohnt
da ist er jetzt gern
*Bricht ab*
ja
er ist ja an einem Fjord aufgewachsen

JUNGE FRAU
Aber er ist so
*Bricht ab*

JUNGE FREUNDIN
Stimmt was nicht

JUNGE FRAU
Nein ich weiß nicht
Aber er kommt irgendwie nicht zur Ruhe
Ist kurz zu Hause
und dann wird er unruhig

JUNGE FREUNDIN
Machst du dir Sorgen
Du klingst so

JUNGE FRAU
*Unterbricht sie*
Nein nicht unbedingt
nein
Aber
Ja vielleicht liegt es daran
dass er sich nicht mehr
mit mir wohl fühlt

JUNGE FREUNDIN
Aber nein
Das ist es nicht

JUNGE FRAU

Dass er sich
bei mir langweilt
Denn als wir in der Stadt wohnten
wollte er aufs Land ziehen
und jetzt sind wir hier
haben etwas Schönes gefunden
und er kommt nicht zur Ruhe
hier auch nicht
Das
*Bricht ab*

JUNGE FREUNDIN

Ja

JUNGE FRAU

Nein ich begreife das nicht

JUNGE FREUNDIN

Aber war das nicht
immer so
Ich meine
*Bricht ab*

JUNGE FRAU

*Fragt*
Immer

JUNGE FREUNDIN

Ja ich meine
solange ich mich erinnern kann
war er immer viel allein
in sich vergraben
irgendwie

JUNGE FRAU

Du kennst ihn ja länger als ich

JUNGE FREUNDIN

Ja er hat schon immer
in seiner eigenen Welt gelebt
*Lacht*

JUNGE FRAU

Du bist ja auch schuld
Du hast uns
zusammengebracht
Du hast das auf dem Gewissen
*Lacht*
Aber er
war immer so
allein
irgendwie
So kennst du ihn

JUNGE FREUNDIN

Mehr oder weniger ja

JUNGE FRAU

*Lacht*
Ja so ist er oft
nicht ganz da
irgendwie
Das muss was
mit seiner Kindheit zu tun haben

JUNGE FREUNDIN

Ja so was denkt man dann

JUNGE FRAU

Aber trotzdem

JUNGE FREUNDIN

Weil sein Vater und seine Mutter
die hatten sich
nicht gerade viel zu sagen

JUNGE FRAU
Er ist ja
bei seinen Großeltern aufgewachsen

JUNGE FREUNDIN
Ja ich weiß
Bei dieser strenggläubigen Großmutter
aber sie haben sich sicher gut verstanden
die Großmutter und er
Kennst du sie

JUNGE FRAU
Nein sie ist tot
Schon seit ein paar Jahren
Der Großvater ist auch tot

JUNGE FREUNDIN
Er ist doch nicht rausgefahren
weil ich komme
oder

JUNGE FRAU
Sicher ein bisschen
auch darum
vielleicht
Aber er fährt ja sowieso
raus
also

JUNGE FREUNDIN
*Lacht*
Sicher auch weil
ich gekommen bin
das merke ich schon

JUNGE FRAU
So ist er
Ich werde nicht schlau aus ihm

JUNGE FREUNDIN

Nein
Ja er ist eben scheu
unsicher
denkt er ist niemand Besonderer
denkt die Leute mögen ihn nicht

JUNGE FRAU

Ja

JUNGE FREUNDIN

Schade eigentlich

JUNGE FRAU

Ja

JUNGE FREUNDIN

Hast du seine Mutter mal gesehen

JUNGE FRAU

Nie
Er hat fast keinen Kontakt mit ihr
Vor ein paar Jahren
ich weiß nicht mehr genau wann
jedenfalls vor langem
hat er sie mal besucht
Und sie hat angerufen ein- zweimal
Mehr nicht
Sie haben fast keinen Kontakt
zueinander
Schon etwas traurig
Sie ist ja seine Mutter
trotz allem
Ich weiß nicht genau was passiert ist
als sie sich
das letzte Mal gesehen haben
Aber er ist ja bei den Großeltern aufgewachsen
bei ihren Eltern

JUNGE FREUNDIN
Der Vater

JUNGE FRAU
*Vertraulich*
Seinen Vater hat er nie gesehen

JUNGE FREUNDIN
Nie

JUNGE FRAU
Nein

JUNGE FREUNDIN
Und er weiß nichts von ihm

JUNGE FRAU
*Schüttelt den Kopf*
Aber er hat gesagt
*Lacht*
nein nichts

JUNGE FREUNDIN
Er weiß nichts von seinem Vater

JUNGE FRAU
Nein
Nichts
glaube ich
Die Mutter will nichts sagen
oder sie weiß auch nicht genau
jedenfalls nicht viel
Vielleicht weiß sie nicht mal
wer der Vater ist

JUNGE FREUNDIN
Nein so was gibt es ja
dann und wann

*Lacht*
Aber das muss ja nicht schlimm sein

JUNGE FRAU
Ich glaube weil er
bei seinen Großeltern aufgewachsen ist
an einem Fjord
wollte er so gern am Fjord wohnen

JUNGE FREUNDIN
Sicher darum
*Kurze Pause*
Aber dir geht es gut

JUNGE FRAU
Mir geht es sehr gut
doch
Ich mache mir nur ein bisschen Sorgen
Sonst geht es mir gut
Und dir

JUNGE FREUNDIN
Doch mir geht es gut
mir auch
Uns geht es gut
meinem Mann
und mir

JUNGE FRAU
Hat er dich hergebracht

JUNGE FREUNDIN
*Nickt*
Und er kommt auch wieder
und holt mich ab
in ein paar Stunden
Er ist in die Stadt gefahren
hat da was zu tun

JUNGE FRAU

Ja

*Kurze Pause*

Soll ich dir das Haus zeigen

JUNGE FREUNDIN

Ja unbedingt

*Sie stehen auf und gehen los*

JUNGE FRAU

Dann fangen wir ganz oben an

*Gehen nach rechts ab; unterdessen kommt die ältere Frau von links und stellt sich mitten ins Zimmer*

ÄLTERE FRAU

Und dann ging ich
*Schaut zur rechten Tür*
mit meiner Freundin
durchs Haus
das schöne alte Haus
das wir gekauft hatten
Aber die ganze Zeit spürte ich
diese große Unruhe
und als wir ins Schlafzimmer kamen
und ich seine Sachen sah
so ordentlich gefaltet
füllte mich wieder diese Trauer
so eine schwere zähe Trauer
und meine Freundin hat wohl etwas bemerkt
denn sie fragte mich was mit mir ist
und ich sagte nein nichts
Und wir gingen von Zimmer zu Zimmer
und sie sagte wir hätten ein sehr schönes Haus
ein schönes altes Haus
und während wir gingen
wuchs meine Unruhe immer weiter
ich spürte dass ich zum Wasser runter musste
und ich sagte meiner Freundin

dass ich ihr gern den Bootsschuppen zeigen wollte
der zum Haus gehört
Ich sagte ich wollte ihr den Steg zeigen
Erst hatte sie keine Lust
weil es so regnete
so windete
schon bald dunkel wurde
aber ich holte Regensachen
und wir gingen zum Bootsschuppen
und zum Steg
dann standen wir dort
und schauten aufs Wasser
auf Regen und Wellen
die Wellen schlugen an den Steg
aber auf dem Fjord war kein Boot zu sehen
nur die Wellen die immer schlugen und schlugen
und wir standen im Regen
im Regen
und im Wind
und dann fragte meine Freundin
ob wir nicht wieder ins Haus gehen könnten
es war so fröstelig
sagte sie
und obwohl ich nicht wieder reingehen wollte
konnte ich nicht verlangen dass wir dablieben
wenn sie ins Haus wollte
also gingen wir hoch
und während wir gingen bemerkte ich
dass es bald dunkel wurde
Wir gingen hoch
ins Haus
*Beide jungen Frauen kommen von rechts*
und als wir hineinkamen
wurde meine Unruhe wieder so groß
und ich ging ans Fenster
*Die junge Frau geht eilig zum Fenster und schaut hinaus*

JUNGE FREUNDIN
*Bleibt stehen, schaut zur jungen Frau*
Was hast du nur

JUNGE FRAU
*Wendet sich zu ihr um*
Nein nichts
*Kurze Pause*
Ja
Nein ich finde er
bleibt so lange fort
Und es ist
so schlechtes Wetter jetzt
*Kurze Pause*
Es wird schon dunkel
Nein jetzt muss er aber kommen

JUNGE FREUNDIN
Er kommt jetzt
sicher bald
Mach dir keine Sorgen
komm
Sicher beißen die Fische gerade gut
du wirst schon sehen

JUNGE FRAU
Aber ich bin so unruhig
Es ist bald dunkel
Sieh doch
*Deutet zum Fenster*
Und der Regen
der Wind
Jetzt muss er bald kommen
Er ist so seltsam
zuletzt
Ich habe Angst

JUNGE FREUNDIN
Ich spüre auch
dass du etwas hast
Aber mach dir keine Sorgen
du
Es ist sicher alles in Ordnung
wirst schon sehen

JUNGE FRAU
Nein vielleicht ist alles in Ordnung
*Sie gehen zum Sofa, setzen sich, sehen einander an*

JUNGE FREUNDIN
Es ist nichts
Er kommt sicher bald

JUNGE FRAU
Aber es ist bald dunkel
Und es windet so

JUNGE FREUNDIN
Er kommt sicher bald
Und mein Mann
auch

JUNGE FRAU
*Nickt. Ängstlich*
Fährst du dann
wieder

JUNGE FREUNDIN
Wir können gern warten
bis er wieder zu Hause ist
wenn du möchtest
*Lacht kurz*
Aber er will ja niemanden sehen
dann fahren wir vielleicht
lieber vorher

JUNGE FRAU

Nein bitte warte
Du darfst nicht wegfahren
Fahr nicht weg
*Die ältere Frau geht langsam auf die linke Tür zu,*
*hält aber inne*

JUNGE FREUNDIN

Nein weißt du
wir warten
wenn du willst
Wir haben keine Eile
*Schritte*
Jetzt kommt er vielleicht
Hörst du
*Die junge Frau nickt*
Da kommt wer

JUNGE FRAU

Ja
*Klopfen. Enttäuscht*
Es klopft
dann ist es
dein Mann
sicher
*Die junge Freundin nickt*
Geh du

JUNGE FREUNDIN

Ja es ist sicher
er
*Schaut die junge Frau an*
Es sei denn Asle macht Quatsch
und klopft an
was
*Wiederum Klopfen*

JUNGE FRAU

Geh du
bitte
*Die junge Freundin steht auf und geht hinaus. Die ältere Frau und die junge Frau schauen zueinander, als würden sie einander bemerken, ohne sich zu sehen, dann geht die ältere Frau nach links ab und die junge Frau ans Fenster. Sie schaut hinaus, die junge Freundin kommt herein*

JUNGE FREUNDIN

Es war er
*Die junge Frau schaut sie fragend an*
Ja mein Mann
*Die junge Frau nickt, dann kommt der Mann von rechts und lächelt der jungen Frau zu*

DER MANN

Na das ist lang her
Jahrelang was

JUNGE FRAU

*Geht auf ihn zu*
Ja lang
ein paar Jahre
glaube ich

DER MANN

Ja seit du mit
dem Asle zusammen bist
was
*Kurze Pause*
und hier rausgezogen bist
lässt du dich so gut wie gar nicht mehr blicken
Dir geht es gut hier draußen
*Die junge Frau nickt*
Ja ich sehe
ihr habt ein stattliches Haus
groß und weiß und hübsch

nicht übel
Habt ihr auch ein Boot

JUNGE FREUNDIN
*Unterbricht ihn*
Ja sie haben ein Boot
und einen Bootsschuppen
sogar einen eigenen Steg
haben sie

DER MANN
Na da scheint ihr ja
zu Geld gekommen zu sein

JUNGE FRAU
Nein so teuer ist das nicht
hier draußen
hier ist alles billiger

DER MANN
Ja zentral
ist es nicht gerade
Aber wird euch nicht langweilig hier draußen
Hübsch ist es ja
Nichts dagegen zu sagen
Aber
Ja
Viel los ist nicht
was

JUNGE FRAU
Es geht schon

DER MANN
Ja
*Kurze Pause*
Wo steckt er denn
dein Mann

JUNGE FRAU

Auf dem Fjord draußen

DER MANN

*Überrascht*
Wie
Es ist doch dunkel
Und es regnet
und windet

JUNGE FREUNDIN

*Unterbricht ihn*
Ja er mag das wohl gern
draußen auf dem Fjord
Ist die ganze Zeit dort
oder so gut wie
nicht wahr
*Schaut zur jungen Frau*

JUNGE FRAU

Ja stimmt
Er ist
*Lacht nervös*
mehr da draußen als zu Hause
fast

DER MANN

Er hat wohl ein gutes Boot
was
mit Laternen
wenn das so heißt
vielleicht heißt das Laternen
nein ich weiß nicht
ein Seemann bin ich nie gewesen

JUNGE FREUNDIN

Nein du
wirklich

JUNGE FRAU
Er nennt sich Seemann
Ich bin ein Seemann
sagt er

DER MANN
Also hat er ein großes Boot

JUNGE FRAU
Nein

DER MANN
Nicht

JUNGE FRAU
Nein nur ein kleines Holzboot
Ein Ruderboot

JUNGE FREUNDIN
*Schaut die junge Frau an*
Er kommt jetzt bald
was

DER MANN
Einen Außenborder
hat er aber

JUNGE FRAU
Ja

DER MANN
Ohne Laternen
bei der Dunkelheit
*Schüttelt den Kopf*

JUNGE FRAU
Ich weiß nicht

DER MANN

Hast du keine Angst um ihn
Es regnet doch
und windet
Es ist dunkel
Dunkler Herbst
kein heller Sommerabend
mit ruhiger See
*Lange Pause. Die junge Frau geht zum Sofa und setzt sich hin, die junge Freundin und der Mann schauen einander an. Die junge Freundin geht zum Sofa und setzt sich neben die junge Frau*

JUNGE FREUNDIN

*Schaut sie tröstend an*
Er kommt sicher
jetzt bald
Er muss kommen
Er kann ja nicht die ganze Nacht da draußen bleiben
im Dunkeln
Er muss ja bald kommen
*Die junge Frau nickt*
Ja das muss er
Er kommt sicher bald
*Der Mann geht zum Fenster, schaut hinaus*
Hab keine Angst
du
wir haben ihn bald wieder
wirst schon sehen
Er kennt sich aus da draußen mit dem Boot
ihm ist sicher
nichts passiert
sicher nichts

JUNGE FRAU

Ja
Aber

JUNGE FREUNDIN

Er kommt bald
ich weiß das
*Der Mann tritt neben das Sofa.*
*Die junge Freundin schaut ihn an*
Was

DER MANN

Ja es ist ja nicht
gerade gemütlich draußen auf dem Wasser
jetzt ist es ganz dunkel
bei diesem Wetter meine ich
Ziemlich kalt
ist es draußen auch
Ich bin ganz nass geworden
*Fasst sich ins Haar, das etwas feucht ist*
und gefroren habe ich
schon auf dem kurzen Weg vom Auto zum Haus
Verflucht kalt
ist das
Nein
*Kurze Pause. Schaut auf die Uhr,*
*dann sieht er die junge Freundin an*
Wird spät so langsam
Vielleicht sollten wir mal los
*Schaut die junge Frau an*
Du weißt ja wir wohnen auch nicht gerade zentral
nicht wahr
Wenn wir was einkaufen wollen
müssen wir weit
fahren

JUNGE FRAU

Ja

DER MANN

So ist das
nämlich

*Schaut die junge Freundin an. Etwas fragend*
Ja

JUNGE FREUNDIN
Wir können schon noch ein bisschen bleiben
*Die junge Frau schaut die junge Freundin an*

DER MANN
Ja ein bisschen
schon
*Die junge Freundin blickt zu Boden, während der Mann zum Fenster geht und hinausschaut. Pause. Die ältere Frau kommt von links und stellt sich neben ihn, auch sie schaut hinaus, doch er bemerkt sie nicht*

JUNGE FREUNDIN
*Schaut unvermittelt hoch, die junge Frau an*
Vielleicht

JUNGE FRAU
*Ängstlich*
Ja

JUNGE FREUNDIN
Nein
*Kurze Pause*
Aber ist es normal dass er so lange bleibt
bei so einem Wetter
Ich finde
*Die junge Frau schüttelt den Kopf*
Nicht
*Die junge Frau schüttelt den Kopf*
Nein
*Pause. Die ältere Frau geht vom Fenster ins Zimmer; unterdessen bleibt der Mann reglos dort stehen, und die beiden jungen Frauen sitzen still auf dem Sofa, dann bleibt die ältere Frau stehen und lächelt den beiden auf dem Sofa milde zu, dann schaut sie zum Mann, dann zu Boden, dann vorsichtig wieder hoch*

Aber
*Kurze Pause*
Vielleicht sollten wir
*Die junge Freundin steht auf, schaut den Mann an*
Es könnte ja
*Schaut die junge Frau an*
Vielleicht sollten wir runtergehen
nach ihm Ausschau halten

DER MANN
*Dreht sich zur jungen Freundin um und schaut sie an; sowohl die junge Freundin als auch die junge Frau blicken zu Boden. Etwas überrascht*
Ja

JUNGE FREUNDIN
*Zur jungen Frau*
Was meinst du
*Die junge Frau schaut sie nur wortlos an.*
*Die junge Freundin wendet sich zum Mann*
Ich glaube fast
*Der Mann nickt*
Vielleicht kannst du
*Bricht ab*

DER MANN
Aber wo

JUNGE FREUNDIN
Du gehst einfach zur Straße runter
ja wir sind schon dort gewesen
und dann
*Schaut die junge Frau an, die auf dem Sofa sitzt und zu Boden blickt*
und dann einfach nach rechts
*Schaut die junge Frau an, aber die reagiert nicht*
rechts
zum Fjord runter

da ist der Schuppen
und der Steg
*Der Mann nickt, bleibt stehen*
Ja

DER MANN
Ja
Aber

JUNGE FREUNDIN
Ich bleibe hier

DER MANN
Ja

JUNGE FREUNDIN
Aber zieh dich gut an

JUNGE FRAU
*Schaut den Mann an*
Du kannst
meine Regensachen nehmen
Sie hängen im Flur
*Der Mann nickt und geht nach rechts ab. Pause. Die junge Freundin steht auf und geht ans Fenster. Die junge Frau steht auf, geht einige Schritte, bis zwischen ihr, der jungen Freundin und der älteren Frau ein Dreieck entsteht. Pause. Dann geht die junge Frau zum Fenster und stellt sich neben die junge Freundin*

JUNGE FREUNDIN
*Für sich*
Jetzt kommen sie
bald

JUNGE FRAU
Ja
*Pause*

ÄLTERE FRAU

*Schaut zu den beiden, dreht sich dann nach vorn*
Und da stand ich
*Schaut wieder zu den beiden, dann nach vorn*
und wurde immer leerer
*Legt sich die Hände auf den Bauch*
immer leerer
wie der Regen und die Dunkelheit
wie der Wind und die Bäume
wie die See dort draußen
Jetzt war ich nicht mehr unruhig
Jetzt war ich eine große leere Ruhe
Jetzt war ich eine Dunkelheit
eine schwarze Dunkelheit
Jetzt war ich nichts mehr
Und zugleich spürte ich dass
ja dass ich irgendwie leuchtete
Tief in mir drin
in der leeren Dunkelheit
spürte ich dass die leere Dunkelheit leuchtete
still
ohne Bedeutung
ohne Worte
leuchtete die Dunkelheit aus mir heraus
Und ich stand dort
Am Fenster
meine Freundin neben mir
und sie wusste nicht was sie sagen sollte
stand einfach da
was sollte sie auch tun
und die Zeit verging
aber das bemerkte ich nicht
Ich stand da und sah hinaus in Dunkelheit und Regen
und dann
*Die junge Freundin geht zum Sofa und setzt sich hin*
ging meine Freundin sich hinsetzen
Aber ich blieb stehen
Und ich sah hinaus

in Wind und Regen und Nacht
und spürte dass die Dunkelheit mein Gesicht war
Ich weiß nicht wie lange ich da stand
Aber ich stand da und schaute in die leere Nacht
in den Regen dort draußen
und spürte dass ich von der Dunkelheit nicht loskam
und dann
*Die junge Frau öffnet das Fenster*
machte ich das Fenster auf
und konnte den Regen hören und den Wind
viel viel deutlicher
und spürte die Dunkelheit
viel viel deutlicher
und ich konnte die Wellen hören
wie sie schlugen
unaufhörlich
und ich stand da
hörte die Wellen schlagen
und spürte die Wellen
durch Regen und Dunkelheit
und beide waren jetzt ich
sollten jetzt ich sein
für immer sollten sie ich sein
Jetzt sollte ich in der leuchtenden Dunkelheit sein
in den schlagenden Wellen
stand ich da und spürte es
und dann hörte ich meine Freundin fragen
ob ich nicht fror
Ich sollte das Fenster zumachen
und mich hinsetzen
es sei so kalt
sagte sie

JUNGE FREUNDIN
*Steht auf*
Dir wird doch kalt
Ich friere auch
ein bisschen
*Lacht kurz*

ÄLTERE FRAU

Und ich drehte mich zu meiner Freundin um
*Die junge Frau dreht sich zur jungen Freundin*
und fragte ob ich das Fenster
wieder zumachen sollte

JUNGE FRAU

Soll ich das Fenster wieder zumachen

JUNGE FREUNDIN

Es wird ein bisschen kalt
Also wenn du möchtest
bitte

JUNGE FRAU

Ich kann es gern zumachen

ÄLTERE FRAU

Und ich machte das Fenster zu
*Die junge Frau schließt das Fenster*
und blieb davor stehen
stand vor dem schwarzen Fenster
und sah in die Nacht hinaus
hörte den Regen
hörte die Wellen

JUNGE FREUNDIN

*Zur jungen Frau*
Nein jetzt bleibt er aber lang
Vielleicht sollte ich
*Bricht ab*

JUNGE FRAU

Willst du nach ihm sehen
Von mir aus
gern

JUNGE FREUNDIN
Ja ich glaube das tu ich

JUNGE FRAU
Ja geh ruhig
du

ÄLTERE FRAU
Und dann ging sie
*Die junge Freundin geht nach rechts ab*
und ich blieb vor dem Fenster stehen
Und als sie fort war
*Die junge Frau öffnet das Fenster wieder*
machte ich das Fenster wieder auf
und stand davor
und hörte den Wellen zu
Hörte wie sie unaufhörlich schlugen
unaufhörlich
Und dieses Schlagen
das spürte ich jetzt
war ich selbst
und ich würde es immer sein
Ich weiß nicht wie lange ich da stand
aber ich stand da
Stand und stand
spürte dass ich jetzt leer war
jetzt war ich leer
wie die Wellen
und die Dunkelheit
Ich stand nur da
und dann hörte ich Schritte
und dann sah ich dass meine Freundin
hereinkam

JUNGE FREUNDIN
*Kommt von rechts herein. Schaut die junge Frau an*
Nein wir haben ihn nicht gesehen
Und an eurem Steg

liegt kein Boot
also ist er
*Bricht ab*

JUNGE FRAU
*Schaut sie an*
Ja dann ist er
immer noch
da draußen

JUNGE FREUNDIN
Und
*Bricht ab*

DER MANN
*Kommt herein. Zur jungen Frau*
Nein ich kann ihn nicht sehen
Und wir sind noch ein Stück die Straße
am Fjord langgegangen
aber wir haben nichts gesehen
aber kein Wunder
so dunkel wie es ist
Und hören konnte ich
auch nichts
Keinen Außenbordmotor
jedenfalls

JUNGE FREUNDIN
Also vielleicht
*Bricht ab*

DER MANN
Ja wir haben gedacht
Vielleicht
Vielleicht sollte man
*Kurze Pause*
ja das melden
Ich weiß nicht

Es ist ja spät
jetzt
und dunkel
Und die See ist bewegt
Nicht gerade gut
um mit dem Boot rumzufahren
schon gar nicht mit einem kleinen
*Kurze Pause*
Jemand mit einem größeren Boot
könnte ja
Nein ich weiß nicht
*Die junge Freundin nickt*
Ich meine
es ist vielleicht am sichersten
Es muss ja nichts passiert sein
klar
meine ich
aber
*Bricht ab*

JUNGE FREUNDIN
*Schaut die junge Frau an*
Ja ich glaube das ist am besten
Auf jeden Fall
Es muss ja nicht
aber
*Bricht ab, schaut auf ihre Uhr*
Langsam ist es ziemlich spät
nicht wahr
Oder was meinst du
*Schaut die junge Frau an, die immer noch aus dem offenen Fenster sieht*
Dir muss doch kalt sein
Du stehst mitten im Zug
*Geht hin und schließt das Fenster, legt den Arm um die junge Frau, führt sie zum Sofa, wo sich beide hinsetzen*

DER MANN

Soll ich
*Bricht ab, schaut die junge Freundin an*

JUNGE FREUNDIN

Ja ich glaube fast das
*Sieht die junge Frau an*
Was meinst du
*Die junge Frau reagiert nicht,*
*also sieht die junge Freundin wieder den Mann an*
Ja mach das
*Kurze Pause*
Das Telefon steht im Flur
ruf einfach an
ja
*Der Mann nickt und geht nach rechts ab. Pause.*
*Die junge Freundin schaut die junge Frau an*
Es muss ja nichts passiert sein
Aber sicher ist sicher
Vielleicht hat er einen Motorschaden
und keine Ruder dabei
Wird schon nichts sein

JUNGE FRAU

*Nickt*
Ja

JUNGE FREUNDIN

Es muss ja nichts passiert sein
nicht wahr
Vielleicht ist er einfach gern draußen
bei diesem Wetter
Vielleicht sollten wir nicht anrufen

JUNGE FRAU

Ich weiß nicht

JUNGE FREUNDIN

Es ist sicher nichts
Aber für alle Fälle

JUNGE FRAU

Ja
*Pause*

DER MANN

*Kommt herein, schaut zu ihnen*
Sie kommen
Sie haben ein Boot
Aber
*Schaut die junge Frau an*
sie wollen mit dir reden
ein paar Fragen stellen
Sie sind am Telefon
*Die junge Frau reagiert nicht*
draußen im Flur
Sie warten auf dich

JUNGE FREUNDIN

*Zur jungen Frau*
Du musst
*Die junge Frau steht auf und geht in den Flur.*
*Der Mann und die junge Freundin sehen einander an*

DER MANN

*Schüttelt den Kopf, seufzt. Leise*
Was meinst du

JUNGE FREUNDIN

*Ebenfalls leise*
Seltsam ist es schon
auf jeden Fall
Und sie
*Nickt in Richtung Flur*
sagt ja gar nichts

Sie sitzt einfach da
oder steht dort
am Fenster
am offenen Fenster
und sieht raus

DER MANN
Nein ich weiß nicht
*Kurze Pause*
Und wir können nicht
*Bricht ab*

JUNGE FREUNDIN
Nein wir können jetzt nicht fahren

DER MANN
Aber ich muss morgen
sehr früh zur Arbeit

JUNGE FREUNDIN
Du kannst fahren
Ich muss hier bleiben
Ich kann jetzt nicht weg
natürlich nicht

DER MANN
Ich bleibe
auch noch etwas
*Schaut auf seine Uhr*
Es ist richtig spät
jetzt
Ich muss morgen früh raus
Ich weiß nicht
*Lange Pause. Die junge Frau kommt wieder herein,*
*geht zum Fenster, öffnet es, schaut hinaus.*
*Die junge Freundin und der Mann sehen einander an.*
*Pause*

JUNGE FREUNDIN

*Steht auf, geht zwei Schritte vom Sofa weg. Zur jungen Frau*
Was sagen sie
*Pause*

DER MANN

*Zur jungen Freundin, die zum Sprechen ansetzt*
Sie fahren mit einem Boot raus
und suchen ihn

JUNGE FRAU

*Immer noch am Fenster*
Ja

JUNGE FREUNDIN

*Zur jungen Frau*
Das ist gut
Es muss ja nichts Schlimmes sein
Aber falls
*Bricht ab. Zum Mann*
Vielleicht hat er ja einen Motorschaden

DER MANN

Ja

JUNGE FRAU

*Dreht sich zu ihnen um*
Können wir nicht rausgehen
Die Straße runter
Sie kommen sicher bald mit dem Boot
Wir müssen auf sie warten

JUNGE FREUNDIN

Ja
*Zögert leicht*

DER MANN

Ja können wir
*Die junge Frau geht nach rechts ab*

JUNGE FREUNDIN
*Leise, zum Mann*
Wir müssen ja einfach bei ihr bleiben
*Der Mann nickt. Sie gehen ebenfalls nach rechts ab*

ÄLTERE FRAU
*Schaut ihnen hinterher, geht ein wenig im Zimmer herum*
Ja dann sind wir
also raus
*Kurze Pause. Schaut zu Boden*
Wir gingen
in den Regen
in den Wind
zur Straße runter
und die Straße entlang
schauten auf den Fjord
aber nichts war zu sehen
und wir gingen
warteten
gingen weiter
und keiner sagte was
aber dann war ein Boot zu hören
und wir sahen Licht
große Scheinwerfer über dem Wasser
weit hinten
aber nicht so weit vom Land
streiften sie über das Wasser
hin und her
Die Strahlen schnitten gelb durch
die schwarze Nacht
und den Regen
Mitten auf den Wellen
sahen wir die gelben Strahlen
ziemlich nahe
am Ufer
und dann überquerten die Strahlen
den Fjord
und bewegten sich langsam über das Wasser

aber auf der anderen Seite
und die ganze Zeit über
schlugen die Wellen unaufhörlich
Sie schlugen immer weiter
und der Wind blies
und es regnete in Strömen
und die gelben Strahlen dort draußen
in der schwarzen Nacht
und das Geräusch von dem Boot
und fern eine Stimme die etwas rief
unmöglich zu verstehen
und dann stehen die Lichtstrahlen still
stehen hell und gelb
mitten dort draußen in der schwarzen Nacht
um sich dann weiter zu bewegen draußen auf dem Fjord
und dann bleiben sie stehen
und wir bleiben stehen
Und dann bewegen sich die Strahlen
und wir gehen die Straße weiter
und keiner sagt ein Wort
wir sehen die gelben Strahlen in der schwarzen Nacht
sie bewegen sich
die ganze Zeit hin und her
und jetzt überqueren sie wieder den Fjord
kommen auf uns zu
bleiben stehen
und dann ist etwas zu sehen im Licht
etwas Graues
fast lila
wirkt es
im Licht
und ich glaube es ist ein Boot
da im Licht
ich kann es nicht so deutlich sehen
aber für mich sieht es aus wie ein Boot
*Ein Telefon läutet, aber die ältere Frau reagiert nur, indem sie wartet, bis es wieder aufgehört hat, dann spricht sie weiter*

und dann bewegen sich die Strahlen
weiter über das Wasser
und meine Freundin fragt
ob wir nicht ins Haus zurückgehen können
sie friert so
sagt sie
und ich sage sie kann gern gehen
ich will bleiben
sage ich
und ihr Mann sagt
er kann hier
bei mir bleiben
sagt er
aber sie sagt sie will nicht ohne mich gehen
und dann stehen wir da
wir stehen da
im Regen
im Wind
wir stehen da und sehen den Strahlen zu
gelb über den schwarzen Wellen
und dann schwenken die Strahlen ab
und dann sehen wir
*Das Telefon läutet erneut, auch diesmal wartet sie ab,*
*bis es wieder still ist*
ja wir sehen die Strahlen über dem Fjord
immer wieder streichen sie über den Fjord
bis wir sie nicht mehr sehen können
stehen wir da
und dann sagt meine Freundin
jetzt müssen wir zurück
jetzt können wir nicht mehr hier bleiben
und wir gehen hoch
und sie hält mich im Arm
und ihr Mann geht etwas vor uns
und keiner
*Das Telefon läutet wiederum, diesmal nur recht kurz,*
*sie reagiert wieder nicht*
keiner

sagt etwas
und wir gehen zum Haus
gehen hinein
ich gehe
*Die junge Frau kommt von rechts, mit nassem Gesicht*
hinein
*Auch die junge Freundin und der Mann kommen, ebenfalls nass*
und ich weiß nichts mehr
Denn es gibt nichts mehr
Jetzt
*Bricht ab. Die junge Frau stellt sich ans Fenster, schaut hinaus, die ältere Frau geht hin und stellt sich links neben das Fenster, blickt zu Boden*

JUNGE FREUNDIN
*Schaut zum Fenster*
Das Fenster war die ganze Zeit auf
es ist so kalt hier

DER MANN
Ja
*Geht hin und schließt das Fenster. Die junge Freundin nimmt die junge Frau beim Arm, führt sie zum Sofa, beide setzen sich hin. Das Telefon läutet*
Das Telefon

JUNGE FREUNDIN
*Ängstlich, zur jungen Frau*
Du musst rangehen
*Die junge Frau bleibt sitzen*
Du musst rangehen
Es kann doch
*Bricht ab. Kurze Pause*

DER MANN
Ich kann rangehen
*Geht rasch nach rechts ab, das Läuten verstummt. Pause.*

*Beide Frauen sitzen da und schauen zu Boden.*
*Der Mann kommt wieder herein*
Sie haben ein Holzboot gefunden
ein Ruderboot
mit Außenbordmotor
Leer
Nicht weit vom Land
trieb es
Keiner drin
Sie fragen sich ob
*Bricht ab*

JUNGE FREUNDIN
*Schaut ihn an*
Ja
Ein Holzboot
*Der Mann geht wieder hinaus. Pause. Er kommt wieder herein, bleibt stehen und schaut zu Boden. Lange Pause. Während das Licht langsam heruntergezogen wird, geht die ältere Frau zum Sofa, schaut die junge Frau und die junge Freundin an, die dort sitzen, dann schaut sie zum Mann, gibt ihm ein Zeichen, dass er hinausgehen soll, und er geht nach rechts ab, dann schaut sie die junge Freundin an, die aufsteht, und die ältere Frau gibt ihr ein Zeichen, sie solle hinausgehen, und die junge Freundin geht dem Mann hinterher. Die ältere Frau geht zum Sofa und setzt sich neben die junge Frau. Eine Zeit lang schauen sich beide an, dann steht die junge Frau auf und geht ebenfalls nach rechts ab. Die ältere Frau steht auf, geht zum Fenster, öffnet es, dann dreht sie sich um, schaut sich kurz im Zimmer um, beginnt dann, Gegenstände einzusammeln und Fotos von der Wand zu nehmen, legt alles zusammen hin, tritt einige Schritte zurück und betrachtet es. Dann stellt sie sich wieder ans Fenster und sieht hinaus*

## III

*Schritte. Die ältere Freundin kommt von rechts durch die Tür, sieht erst die ältere Frau am Fenster an, dann die Dinge, die sie zusammengeräumt hat*

ÄLTERE FREUNDIN
*Etwas verwundert*
Räumst du jetzt
deine Sachen zusammen

ÄLTERE FRAU
*Schaut sie an*
Ja ich glaube ja
einfach nur so
*Lacht kurz*

ÄLTERE FREUNDIN
Schön ist es heute am Wasser

ÄLTERE FRAU
Ja

ÄLTERE FREUNDIN
*Schaut auf ihre Uhr*
Jetzt muss er aber bald hier sein

ÄLTERE FRAU
Ja

ÄLTERE FREUNDIN
Ja eigentlich müsste er schon da sein
*Kurze Pause*

ÄLTERE FRAU
Er ist in der Stadt
muss was besorgen
ja

ÄLTERE FREUNDIN

Ja
*Kurze Pause. Lacht kurz*
Es ist wie immer
wenn ich dich besuche
Ich komme mit ihm her
und dann holt er mich ab
wenn er fertig ist
mit seinen Sachen
in der Stadt

ÄLTERE FRAU

Ihr wollt nicht umziehen
In die Stadt zurück
meine ich

ÄLTERE FREUNDIN

Nein
Wir fühlen uns wohl
Klar das Dorf ist sehr klein
aber uns geht es gut
Wir haben was Eigenes
ein Haus gebaut
wie wir es wollten
Du weißt ja wie das ist
Aber dass du es aushältst so allein
hier

ÄLTERE FRAU

Ja das begreife ich selber
nicht so ganz

ÄLTERE FREUNDIN

In so einem alten Haus

ÄLTERE FRAU

Es ist alt ja
Und im Winter manchmal ziemlich kalt

Aber dann bleibe ich hier im Wohnzimmer
Wenn es ganz kalt wird
schlafe ich hier auch
Feure den Ofen an
Manchmal ist es schon so kalt gewesen
dass ich nachts aufstehen musste mit dem Wecker
um Holz nachzulegen

ÄLTERE FREUNDIN
Du überlegst nicht ob du wieder in die Stadt ziehst

ÄLTERE FRAU
Doch oft
*Kurze Pause*
Ich denke fast jeden Tag
dass ich hier weg muss

ÄLTERE FREUNDIN
Aber es wird nichts daraus

ÄLTERE FRAU
Nein
Außerdem
Ja jetzt wohne ich schon so lange hier
Alle Erinnerungen

ÄLTERE FREUNDIN
*Schaut zu Boden*
Ja
*Kurze Pause*
Aber warum hast du die Sachen zusammengeräumt

ÄLTERE FRAU
Ich weiß nicht
*Kurze Pause*
Nein wahrscheinlich bleibe ich hier
*Kurze Pause*

ÄLTERE FREUNDIN
Aber ist das nicht sehr einsam

ÄLTERE FRAU
Ja einsam kann es schon sein

ÄLTERE FREUNDIN
Und langweilig

ÄLTERE FRAU
Doch ab und zu
ist es schon langweilig
ja
Aber meistens ist es ganz in Ordnung

ÄLTERE FREUNDIN
Du solltest dir einen Mann suchen

ÄLTERE FRAU
Nein

ÄLTERE FREUNDIN
*Schaut zu Boden*
Nein dir geht es gut allein
sagst du

ÄLTERE FRAU
Ja

ÄLTERE FREUNDIN
Gut ist das
gut

ÄLTERE FRAU
Doch doch meistens
ist es in Ordnung

ÄLTERE FREUNDIN

Ja

*Pause. Schaut auf ihre Uhr*

Nein jetzt müsste er eigentlich hier sein

*Geht zum Fenster, schaut hinaus, sieht die ältere Frau an*

Ich finde es etwas kalt

Kann ich das Fenster zumachen

ÄLTERE FRAU

Ja mach es ruhig zu

ÄLTERE FREUNDIN

Ja

*Schließt das Fenster. Sieht wieder hinaus, schaut dann die ältere Frau an*

Ah ich glaube da haben wir ihn

Ja

Ich habe versprochen dass ich ihm entgegenkomme

Ich

Ja

*Kurze Pause*

Ich glaube

Ja er ist gleich hier

Ich glaube ich gehe ihm entgegen

ÄLTERE FRAU

Ja

ÄLTERE FREUNDIN

Ich glaube

Also alles Gute dann

Wir telefonieren dann

*Geht nach rechts, die ältere Frau steht auf und geht ans Fenster, schaut hinaus. Die ältere Freundin bleibt stehen, schaut zu ihr*

Nein stehst du schon wieder am Fenster

ÄLTERE FRAU

*Schaut sie an*
Ach Gott ja
*Lacht*
Nein es ist keine Absicht
Das passiert einfach so

ÄLTERE FREUNDIN

Alles Gute dann

ÄLTERE FRAU

Ja danke für den Besuch

ÄLTERE FREUNDIN

Und steh nicht so viel
an dem Fenster da
was
*Lacht. Die ältere Frau schüttelt den Kopf.*
*Die ältere Freundin geht nach rechts ab, die ältere Frau steht am Fenster und schaut hinaus. Dann öffnet sie das Fenster. Lange Pause. Das Licht wird heruntergezogen. Dunkelheit*

(Draum om hausten)

# TRAUM IM HERBST

## Personen

MANN
FRAU
MUTTER
VATER
GRY

## Ort

EIN FRIEDHOF, SPÄTHERBST

*Eine Ecke auf einem großen Friedhof. Spätherbst. Es hat eben geregnet. Schwarze Bäume. Wenige Blätter hängen noch an den Zweigen, etwas Laub liegt am Boden. Ein Kiesweg, eine Bank mit abblätternder Farbe. Der Mann kommt über den Kiesweg, verlässt ihn, geht zu einem Grabstein, liest die Inschrift, steht eine Zeit lang da und blickt darauf, geht dann zu einem anderen Grabstein, liest auch dort die Inschrift, schaut für eine Weile darauf, kehrt auf den Kiesweg zurück, geht zur Bank und setzt sich. Er schaut hoch, er kann endlich weinen. Er zieht seinen Mantel fester um sich, sieht auf den regennassen Kies. Er steht auf, öffnet den Mund, als wollte er etwas sagen, bleibt eine Zeit lang steif stehen, presst dann Lippen und Lider aufeinander, Schmerz zieht über sein Gesicht, dann schlägt er die Augen wieder auf, blickt schräg ins Leere; und während er so dasteht, nähert sich die Frau, sieht ihn, versucht unbemerkt zu bleiben, weiß nicht recht, soll sie umkehren oder an ihm vorbeigehen, sie zögert, er nimmt sie vage wahr, sie blickt zu Boden, er setzt sich wieder auf die Bank, geniert sich, ist peinlich berührt, schaut dann vorsichtig zu ihr hinüber, und da erkennt er sie*

MANN

*Aufrichtig überrascht*
Nein bist du das

FRAU

*Verlegen*
Sicher
ja
*Blickt nieder, spielt mit einer Schuhspitze im Kies*

MANN

*Steht auf, schaut zu ihr*
Also dass du hier bist
dass ich dich treffe
hier
jetzt
Das ist nicht zu glauben

*Sie steht nur da und blickt zu Boden*
Nein so etwas
schön
Es ist ja so
lang her

FRAU
*Bescheiden*
Ja
*Lange Pause*

MANN
Ich habe gar nicht gewusst
dass du in der Stadt bist

FRAU
*Lacht kurz*
Nur kurz mal

MANN
Also wirklich so was

FRAU
Nur kurz zu Besuch

MANN
So eine Überraschung

FRAU
Ja
*Kurze Pause*

MANN
Seltsam
dass wir uns hier treffen
so
ja
hier auf dem Friedhof

meine ich
Wir haben ja nicht
*Unterbricht sich, blickt nieder. Beide stehen da und sehen zu Boden. Pause*

FRAU
*Blickt auf, sieht ihn kurz an*
Na ja wie es eben so geht

MANN
*Lacht kurz*
Wirklich komisch
*Blickt zur Bank*
Da sitze ich
so da
siehst du
ganz allein
im dunklen Herbst

FRAU
Sitzt und denkst nach

MANN
Denke und denke
Ich sitze hier
und bin vielleicht
traurig

FRAU
Sitzt da und fühlst was ist

MANN
*Schroff*
Ja tu ich wohl
*Lange Pause. Er geht zur Bank und setzt sich auf deren eines Ende, sieht zu ihr, die immer noch dort steht und zu Boden blickt und vorsichtig mit der Schuhspitze im Kies spielt*
Willst du dich hinsetzen

kurz
Hast du Zeit
*Schnell*
Oder vielleicht hast du keine Zeit
hast noch was vor
Hast es vielleicht eilig
Aber auf jeden Fall
schön dich wieder zu sehen
Es ist so lang her seit zuletzt
So eine Überraschung
stehst auf einmal da
wo ich hier sitze
Nein das hätte ich im Leben nicht gedacht
dass du
auf einmal dastehst

FRAU
Ich kann mich schon bisschen hinsetzen
*Geht hin und setzt sich auf das andere Ende der Bank. Sie sehen einander schüchtern an, schauen dann wieder zu Boden. Pause*

MANN
*Sieht sie verlegen an*
So eine Überraschung

FRAU
Ja
Ich habe an dich gedacht
als ich herkommen wollte
Aber
*Bricht ab. Kurze Pause*
Ja wir haben ja nie
so viel miteinander
zu tun gehabt
und es ist lang her
seit zuletzt
*Pause*

Und du
läufst hier so
*Lacht kurz*
auf Friedhöfen rum
*Kurze Pause*
Im Sommer
tun das ja viele Leute
aber jetzt
im Herbst
kaum einer
im Dunkeln
im Regen

MANN
Nein fast niemand jetzt
wo es Herbst ist
und regnet

FRAU
*Blickt ihn an, lächelt*
Du
*Zögert, blickt nieder*
Du
*Zögert, blickt ihn an*
als ich her bin
gestern
im Flugzeug
da war
ja da war ein kleiner Junge
im Flugzeug als wir ganz oben waren
«Wir können die Vögel nicht sehen»
Ist das nicht komisch
*Der Mann nickt. Die Frau, hastig*
Und heute
habe ich mit einem kleinen Mädchen gesprochen
die war bestimmt erst zwei oder so
sie hat mir ihre Puppe gezeigt
Ich habe gesagt so eine hübsche Puppe

Wie heißt die denn
Sie hat gesagt sie heißt Amalie
Ich habe gesagt was für ein hübscher Name
Weißt du was sie da gesagt hat
Sie hat gesagt alle hübschen Namen sind traurig
*Während sie spricht, beugt sie den Kopf tief und schaut ihn von unten her an, er blickt rasch zu ihr hin, sie lächeln einander kurz zu*

MANN
Ist ja süß
*Kurze Pause*

FRAU
Was so kleine Kinder
alles sagen
Die können
einfach
so etwas Wahres sagen
*Pause*

MANN
Du hast keine Kinder
*Die Frau schüttelt den Kopf, blickt zu Boden*
Lebst du immer noch allein

FRAU
*Nickt*
Und du bist immer noch
mit deiner Frau zusammen
und mit eurem Sohn

MANN
Ja
*Pause. Sehen einander an, dann wieder zu Boden*

FRAU
Aber warum sitzt du hier

MANN
Ach nur so

FRAU
Bist du oft hier

MANN
Nein nicht so oft
Ziemlich selten sogar
manchmal eben

FRAU
Wohnst du
in der Nähe

MANN
Nein
aber nicht weit weg
*Pause*
Bist du einfach so hier
oder wolltest du herkommen

FRAU
Ich bin spazieren gegangen
und dann hergekommen nur so

MANN
Ja
*Kurze Pause*
So war es bei mir
eigentlich auch

FRAU
Du bist also nicht oft hier

MANN
So manchmal
schon öfter
Aber nicht oft

FRAU

Ist doch seltsam dass wir
uns hier treffen

MANN

*Nickt. Pause*
Geht es dir gut

FRAU

Ja danke

MANN

Ich meine im Ernst

FRAU

Gar nicht schlecht
Es geht mir nicht schlecht
Ganz gut doch
*Etwas resigniert*
Nein ich weiß nicht
Und dir

MANN

Gut
*Die Frau sitzt etwas unruhig, als wollte sie aufstehen*
Musst du gehen

FRAU

Nein noch nicht

MANN

Hast nichts Bestimmtes vor

FRAU

*Schüttelt den Kopf, blickt ihn an*
Und du

MANN

*Etwas erwartungsvoll*
Ja

FRAU

Ach nichts

MANN

Sag ruhig

FRAU

Weißt du
Ich denke
vielleicht bin ich hierher gekommen
auf den Friedhof
meine ich
um dich zu treffen
Vielleicht ist das so
*Sie sehen sich an, wie voneinander angezogen, halten aber wieder inne, lächeln sich ziemlich offen an, sind dann aber wieder verlegen*
Vielleicht
Und warum bist
du hier

MANN

Vielleicht um dich zu treffen
Kann ja sein
*Lacht kurz, blickt sie an*
Wer weiß
*Unterbricht sich*
Nein ich weiß nicht
*Sieht sie aufrichtig an*
Doch wahrscheinlich darum
Ich
*Sieht sie an*
eigentlich habe ich wirklich an dich gedacht
bevor ich her bin

Das ist wahr
Aber
*Blickt nieder*
ich bin auch früher
schon hier gewesen
aber da bist du nicht gekommen

FRAU
*Etwas glücklich*
Ist das wahr

MANN
*Zögert ein wenig*
Ja
*Beide schauen nieder, drehen sich ein wenig voneinander weg, als säßen sie jeder für sich da.*
*Der Mann blickt die Frau an*
Hast du gedacht du triffst mich hier
*Die Frau schüttelt den Kopf*
Nein

FRAU
*Schüttelt nochmals den Kopf*
Oder
doch
irgendwie habe ich das schon gedacht
Nicht so klar
aber
irgendwie
bin ich schon dahin gegangen
wo du sein würdest
doch

MANN
Aber geglaubt hast du nicht
dass ich hier bin

FRAU
Nein

MANN
Ich auch nicht
dass du hier bist
Manchmal
nicht so oft
aber manchmal
denke ich an dich
Wirklich

FRAU
Und ich
an dich
*Pause. Er streckt den Arm nach ihr aus, sie ebenfalls nach ihm, rasch streicheln sie einander leicht die Finger, ziehen die Arme dann wieder zurück. Sie sitzen da und schauen verlegen vor sich hin. Der Mann steht auf, dreht ihr den Rücken zu, blickt zu den Gräbern, geht dann zu einem der Grabsteine, vor denen er anfangs gestanden hatte, stellt sich davor, schaut darauf. Die Frau sieht ihn an*
Du liest
was auf den Grabsteinen steht

MANN
*Dreht sich zu ihr um, leicht widerstrebend*
Ja
*Kurze Pause*
Das tun doch alle
auf Friedhöfen
nicht

FRAU
Das wollte ich
gerade sagen
Ich glaube alle tun das
Ich auf jeden Fall

*Der Mann nickt, die Frau steht auf, hält inne*
*und sieht ihn an*
Vielleicht sind
Grabsteine dafür da
vielleicht
damit wir rumgehen und lesen
was auf ihnen steht
und dann nachdenken wer die Toten
wohl gewesen sind

MANN
Ich glaube sie stehen da
damit Gott
sich daran erinnert wer da liegt

FRAU
Du
*Der Mann blickt zu ihr,*
*sie gehen einen Schritt aufeinander zu*
du
all die Toten
all diese unendlich vielen Menschen
die gestorben sind
*Blickt ihn an*
Du
immer wenn ich in einer Stadt bin
wenn ich auf einem Hügel stehe
und über eine Stadt schaue
so
dann sehe ich ein Haus nach dem anderen an
und denke dass die Menschen die da jetzt wohnen
in den Häusern
die da jetzt arbeiten
in ein paar Jahren gar nicht so lang
keiner von denen mehr da ist
bald sind sie alle fort
und andere Menschen sind da
in den Häusern

auf den Straßen
Nach und nach werden alle Menschen ersetzt
durch andere Menschen
alle werden ersetzt
das denke ich
und wenn man mal
hundert Jahre zurück denkt
oder nicht mal so weit
dann waren ganz andere Menschen
in der Stadt
auf den Straßen
aber die Stadt ist noch da
und die Häuser

MANN

Ja
Ich glaube
darum mag ich alte Häuser
so gern
sie behüten die
die da mal waren
aber nicht mehr da sind
Irgendwie
jedenfalls
*Schaut sie an, lacht*
ist das so
*Rasch*
Weißt du ich habe
in ein paar alten Häusern gewohnt

FRAU

*Fragend*
Du hast

MANN

Ja
Aber ich bin nicht so geschickt
bin nicht der Richtige für so alte Häuser

kann sie nicht instand halten
Ich bin umgezogen
habe sie verkauft

FRAU
Du hast

MANN
Ja
also wir
*Pause*

FRAU
*Geht zu ihm, liest die Inschrift auf dem Grabstein, schaut ihn an*
Dorthe von Obstfelder
1876–1903
*Der Mann geht zum nächsten Grabstein, sie folgt ihm, liest* Knut Hjelmeland *[sprich: Knüt Jelmelann]*
1959–1992
*Beide sehen einander an, blicken nieder.*
*Die Frau sieht ihn an*
Hast du ihn gekannt
*Er schüttelt den Kopf*
Kennst du wen der hier
auf dem Friedhof liegt

MANN
Ja

FRAU
Viele

MANN
Ja
*Kurze Pause*
Natürlich
Aber
*Unterbricht sich*

FRAU

Du willst lieber nicht darüber reden
*Der Mann schüttelt den Kopf, die Frau kommt zu ihm, hakt sich bei ihm unter, sie lächeln einander an*

MANN

*Etwas neckend*
Sollen wir wo hingehen
wo wir allein sind

FRAU

*Schaut überrascht, lacht kurz*
Allein
mit dir
In mein Hotelzimmer
vielleicht
Ja gern
*Sie sehen sich an, lächeln. Pause.*
*Sie schaut schräg zu ihm hinauf*
Ja vielleicht

MANN

O je
Also dass ich so was sage

FRAU

*Schaut froh zu ihm hoch. Neckend*
Willst du wirklich
*Pause*

MANN

Ja vielleicht

FRAU

Nein mach keinen Unsinn

MANN

*Etwas frech*

Ich habe das immer gewollt
eigentlich

FRAU
Warum hast du nie was gesagt
früher
meine ich

MANN
So was kann man
doch nicht sagen

FRAU
Ja also willst
*Zieht ihren Arm zurück*

MANN
*Aufrichtig*
Ich habe dich oft
vermisst
weißt du

FRAU
Ja
*Kurze Pause*
Du
ich habe gedacht
dass ich dich vielleicht irgendwo treffe
als ich losging
Das ist wirklich wahr
Ich habe das gedacht
ganz klar
Ich wusste ich würde dich treffen
Ist das nicht seltsam
*Der Mann nickt*
Wirklich seltsam

MANN

Soll ich dir was sagen
*Schaut sie unverwandt an, sie nickt*
Als ich da den Grabstein gelesen habe
bevor du gekommen bist
den da mit
von Obstfelder
oder so
da habe ich an dich gedacht
Es ist total verrückt
Ich habe dich vermisst
*Etwas begeistert*
Wir haben einander
so lang nicht gesehen
und dann treffen wir uns hier
mitten im dunklen Herbst
auf einem Friedhof
und das gleich nachdem
ich an dich gedacht habe
dich vermisst habe
*Die Frau geht einen Schritt zurück, bleibt stehen*
Oft
am Abend
wenn ich in meinem Bett liege
auf dem Sofa
spüre ich dass du da bist
Total verrückt
Immer noch
vielleicht
nicht mehr so oft
jetzt
aber ab und zu
Irgendwie bist du bei mir
und ich halte dich im Arm
Das ist wahr
Ich habe mich oft gefragt
ob du das auch spüren kannst
dass du irgendwie bei mir liegst

meine ich
*Die Frau nickt*
Du kannst

FRAU
Ja
*Pause*

MANN
*Tritt zu ihr*
Aber das sind wohl nur Gefühle
eingebildete Sachen
Wenn wir
*Schaut sie an*
du und ich
uns zusammentun
dann würde das alles verschwinden
alles würde
anstrengend und mühsam werden
und nach ein paar Jahren
wären wir nicht mehr zusammen
Wir würden uns trennen
genauso
wie alle anderen
So ist das
einfach

FRAU
Vielleicht

MANN
Ja

FRAU
*Etwas traurig*
Ist so
aber nicht unbedingt
Natürlich

MANN

Vielleicht

FRAU

Darf ich dich berühren
*Der Mann nickt, sie geht und streichelt vorsichtig seine Hand, sie sehen einander an*
Gut
nicht
*Der Mann nickt*
Das kribbelt
überall in mir

MANN

In mir auch
*Sie streichelt seine Hand weiter vorsichtig*
Aber wir können doch nicht
*Bricht ab. Die Frau zieht ihre Hand zurück, er nimmt sie, steht da und hält sie in seiner*
Aber
*Kurze Pause*
wir können doch nicht
Und bald haben wir wahrscheinlich Lust
miteinander zu schlafen
auch das
Ist das wichtig
miteinander zu schlafen

FRAU

Irgendwie
schon

MANN

Ich kann schlafen mit wem ich will
ich
so viel steht fest

FRAU
Aber das ist was anderes

MANN
Ja natürlich

FRAU
Weil es Liebe gibt

MANN
*Fast resigniert*
Vielleicht
*Kurze Pause*
Aber die ist
irgendwie
als würde man sich nur um sich selber kümmern
Ohne Rücksicht
ja
Ich weiß nicht ob ich Liebe mag
Ich glaube ich bin gegen Liebe
Liebe
die Väter dazu bringt ihre Kinder zu verlassen
da bin ich dagegen

FRAU
*Schaut sich um, sie stehen Hand in Hand*
Aber wir werden sterben
*Sie umarmen einander, drücken sich vorsichtig aneinander, stehen so eine Zeit lang still da. Dann lassen sie los, treten einen Schritt zurück. Der Mann schaut sie an*
Ich habe kein Kind
und keinen Mann
Ich bin allein

MANN
Und du weißt dass ich
*Unterbricht sich*

FRAU

*Schaut ihn an, ist verlegen*
Wir müssen einfach zusammen sein
Das wissen wir seit langem
beide
Die Zeit kann nicht einfach so vergehen
Wir haben einander so lang vermisst
Aber keiner von uns beiden hat sich getraut
das zu sagen
*Pause. Sie muss einfach weiterreden*
Vielleicht
wäre es zu gefährlich gewesen
Und wir haben dasselbe gefühlt
Oft habe ich das auch
gespürt
als würdest du bei mir liegen
oder ich bei dir
Obwohl du gar nicht da warst
warst du da
Ich habe dich gespürt
Ich habe gewusst du bist da
ja
So ist es
einfach

MANN

Vielleicht
*Geht zur Bank und setzt sich, die Frau bleibt stehen, geht dann ein kleines Stück den Kiesweg hinab. Pause. Der Mann schaut zu Boden, dann dorthin, wo sie steht*
Ich habe mich auf einmal so leer gefühlt
fast als würde ich mich langweilen
Total leer
ganz starr
habe ich mich gefühlt

FRAU

*Pause. Sie geht ein wenig den Weg auf und ab, dreht sich dann zu ihm um*
Aber du hast doch hier gesessen
und geweint
Das habe ich gesehen
Ich habe gesehen dass du geweint hattest
Warum hast du geweint
hier
allein

MANN

Das hat nichts zu sagen
Ist einfach so
Muss man sich keine Sorgen drum machen
*Steht auf, geht ein Stück auf sie zu*
Weißt du was
ich kann nicht
*Aggressiv*
kann es nicht ertragen
diese Gefühle
Gefühle
Gefühle
Scheißgefühle
Ich hasse Gefühle

FRAU

Außerdem hast du
deine Familie
Frau
Kind

MANN

Ja ja

FRAU

Und dann sitzt du hier
und weinst
ganz allein

MANN

*Resigniert*
Nein
*Kurze Pause*
Nein ich habe nicht geweint

FRAU

*Unbeirrt*
Du und was du
Liebe nennst
sitzt hier und weinst

MANN

Ich und was ich
Liebe nenne
sitze hier und weine
ja genau
*Kurze Pause. Ironisch*
Liebe und Tod
immer nur Liebe und Tod

FRAU

Damit das Leben weitergeht
damit die Häuser und die Straßen der Städte
gefüllt werden
damit die Leute sterben
voll Angst und Schmerzen und Verzweiflung
damit die Leute sich
aneinander drücken
in Lust und Schmerz und Angst
und neue kleine Menschen
die dann sagen dass
schöne Namen immer traurig sind
geboren werden
in Angst und Schmerzen und Verzweiflung
Und bei alldem
soll das
was wir Liebe nennen

so furchtbar unbegreiflich sein
so vollkommen unfassbar
aber dass es das gibt
spüren wir schon
Liebe
da sind wir ja drin
wie wir hier stehen
allein
miteinander
Wir wissen es beide
Wir wissen es
Vielleicht ist es Liebe
was die Toten erlöst
vielleicht

MANN
Gottes Liebe

FRAU
Ich weiß nichts von Gottes Liebe
aber vielleicht
vielleicht ist es Gottes Liebe
wer weiß

MANN
Aber dann ist es Gott in uns
sozusagen
der die Toten erlöst

FRAU
Vielleicht ist das so
*Etwas verwundert*
Oder werden die Toten
erlöst
indem Kinder geboren werden

MANN
Wir reden ja nur

Eigentlich alles Unsinn
was wir sagen
Nur Gerede
Ja

FRAU

Ja natürlich
*Kurze Pause*
Aber die Toten
sind hier
Da liegen sie und

MANN

*Deutet mit der Hand auf die Gräber*
Das ist kein Unsinn
Sie haben gelebt
und jetzt liegen sie hier
jetzt sind sie tot
jetzt ist von ihnen
fast nichts mehr übrig
*Kurze Pause*
Sie waren nichts
Noch gar nicht da
Und dann waren da zwei Menschen
die
Na wie haben sie es gemacht
mit Lust und Last
jedenfalls
das waren zwei Menschen die
*Bricht ab, schaut zu einem Grab*
Vielleicht hat der Mann
ihre Mutter
auf einem Friedhof gefickt
Vielleicht auf diesem Friedhof hier
sogar genau hier
so ist sie zustande gekommen

FRAU

Auf einem Friedhof
na weißt du

MANN

Ja vielleicht auf einem Friedhof
An einem dunklen Abend
auf einem Friedhof
wie diesem hier
hat er sie gefickt
Vielleicht hat er sich an sie gepresst
verzweifelt
an ihren Armen gezerrt
sie schrie
vor Angst
vor Lust
als er in sie eingedrungen ist
er hat sie auf den Boden gelegt
sich auf sie gepresst
hat ihren Rock hochgeschoben
Vielleicht ist sie
so zustande gekommen
die jetzt hier liegt
*Deutet auf einen Grabstein*
und jetzt ist nichts
mehr von ihr da
Schau der Grabstein
Aber früher einmal
hat sie gestöhnt und geschrien
Kannst du hören wie sie
stöhnte und schrie
Nimm mich
Nimm mich hart
Nimm mich
hat sie geschrien

FRAU

*Kurze Pause*

Schon möglich
*Lächelt*
dass du Recht hast

MANN
Und den da
*Schaut zu einem anderen Grabstein, deutet darauf*
haben sie vielleicht
so gemacht
eine junge Frau und ein junger Mann
sind von einer Familienfeier weggeschlichen

FRAU
*Grinst*
Familienfeier
du bist mir einer

MANN
Ja von einer Familienfeier
In das Kinderzimmer
in einem alten Herrenhaus
gar nicht weit von hier
da haben sie sich versteckt
Ist doch gut möglich

FRAU
Aber früher hat sich so was doch

MANN
*Übernimmt*
nicht gehört meinst du
Willst du das sagen

FRAU
War doch so

MANN
Vielleicht

Mag sein
*Pause. Er deutet auf einen dritten Grabstein*
Aber den da
haben sie jedenfalls
mit Mühe und Not zustande gebracht
*Die Frau lacht*
Ja
So lang
haben sie's probiert
sein Vater und seine Mutter
der Vater müde
die Mutter verängstigt und starr
aber dann irgendwie
hat es doch noch geklappt
aber haben elend lang probiert
so ist er entstanden
Und als Tanten und Onkel und Großeltern
und wer noch alles
sahen dass Muttern so langsam rund wurde
da waren sie so glücklich
so glücklich
aber allen war es auch ein bisschen peinlich
denn sie wussten was Mutter gemacht hatte
bevor sie so weit war
daran dachten sie
Sie dachten
im Stillen
so viel daran
Sie dachten dass die ehrenwerte Mutter und der ehrenwerte Vater
so was gemacht hatten
so was Unaussprechliches
und der ehrenwerte Vater war vielleicht
gar nicht
so ehrenwert
genau betrachtet
Vielleicht hat der jedes einzelne Mal
den Hosenstall aufgeknöpft

wenn er mit der ehrenwerten Mutter allein war
Hat ihn aufgeknöpft
und seinen steifen Stängel rausgeholt
und gesagt komm her und lutsch ihn mir

FRAU
Nein jetzt wird's peinlich
bäh
man soll nicht alles aussprechen
Ich kann das überhaupt nicht leiden
wenn die Leute
so frei
und lässig sein wollen
und über alles reden

MANN
Stimmt
Das ist schrecklich
und immer so peinlich
Es ist immer so furchtbar
unsexy
über Sex zu reden

FRAU
Unsexy
also du

MANN
Ja
Sex
was für ein Wort
und Gott
ist
genauso

FRAU
*Lacht*
Nein hör auf
jetzt

MANN

Das meine ich ernst
na ja was man so ernst nennt
aber je mehr man darüber redet
über Sex
ja
und je mehr man über ihn redet
über Gott ja
desto mehr verschwindet das worüber man redet
und zum Schluss ist
nur noch das Gerede übrig

FRAU

Da hast du also gesessen
mit all dieser Liebe
und dem Tod
du
*Pause*

MANN

*Schaut sie an*
Ich habe dich vermisst
Das ist wahr

FRAU

*Schaut ihn an*
Ich habe dich
auch vermisst
*Pause*

MANN

Das ist total seltsam
*Kurze Pause*
Wir kennen uns doch fast gar nicht
oder natürlich kennen wir uns
gut
Auf eine Weise
kennen wir uns ja

gut
was

FRAU
Ja

MANN
Aber
im üblichen Sinn
kennen wir uns nicht besonders gut
und
*Bricht ab*

FRAU
Ich habe mich nie getraut zu denken
dass du mich magst
nicht richtig
jedenfalls
Und das tust du sicher
auch nicht

MANN
Ich
Ich vermisse dich
Das ist es
Ich spüre dass du da bist
wenn du weg bist
Ich spüre dass du
fast in meinem Körper bist
in mir drin irgendwie
Das spüre ich oft

FRAU
Aber wir haben es nie gesagt
einander
dass wir uns mögen
nie
haben wir das gesagt

MANN

Aber gewusst haben wir es
ich jedenfalls
trotzdem
Ich habe mich
auch nicht
getraut zu denken
dass du mich magst
Ich dachte
du hattest so viele andere Männer
und ich bin nichts Besonderes
doch das meine ich ernst
Ich bin nicht viel wert

FRAU

Die von der du erzählt hast
die Mutter
ja von der Obstfelder
von der da
die mit dem Schreien
dem Rock
erzähl weiter
*Lacht*

MANN

Nein
*Besinnt sich anders*
Ja was hatte ich gesagt
er hat sie also
hier auf dem Friedhof
gefickt
vielleicht

FRAU

*Neckend*
Erzähl weiter
erzähl schon

MANN
Nein jetzt musst du dich entscheiden
hör schon auf

FRAU
*Beharrlich*
Doch
erzähl

MANN
Nein

FRAU
Doch
Kannst du nicht

MANN
*Spricht weiter*
mit mir tun
was er mit ihr getan hat
*Die Frau grinst. Der Mann schüttelt den Kopf*

FRAU
Hast du keine Lust

MANN
Du
*Die Frau schüttelt den Kopf*
Warum dann

FRAU
Man tut das eben so
nicht wahr
Es zeigt
dass man zusammengehört
es
irgendwie
nicht wahr

MANN
Ich will nicht untreu sein

FRAU
*Etwas beleidigt*
Was willst du dann

MANN
Ich weiß nicht

FRAU
Du weißt nicht

MANN
Nein ich weiß nicht
*Pause*

FRAU
Ich will vielleicht
mit dir zusammen sein

MANN
Willst du

FRAU
*Nickt*
Vielleicht
*Er schaut verlegen zu Boden. Pause*
Und dann will ich
*Bricht ab*

MANN
Du brauchst nichts zu sagen

FRAU
Nein ich weiß nicht

MANN

Wir reden einfach nicht mehr drüber
Alles bleibt
wie es ist

FRAU

Ja
*Pause*

MANN

Aber du willst
dass wir zwei
uns zusammentun

FRAU

Du nicht

MANN

*Zögert*
Doch

FRAU

Ja

MANN

Dann ist alles andere
nicht mehr so wichtig

FRAU

Ja

MANN

Dein Job
und alles
ist nicht so wichtig

FRAU

Ist es wohl

Ist so
*Der Mann seufzt. Er geht zu einem Grabstein, steht davor und schaut ihn an, rückt die welken Blumen etwas zurecht, die auf dem Grab stehen, nimmt ein wenig Laub weg, das darauf liegt*
Alle hübschen Namen sind traurig
*Der Mann geht zu einem anderen Grab, berührt den Stein, schaut dann auf die bloße Erde hinab*
Wir können die Vögel nicht sehen
hier
hoch oben
in der Luft

MANN
*Liest den Text auf einem Grabstein vor*
Leb wohl meine Liebste

FRAU
Ich bin allein
ganz allein

MANN
*Geht zu einem weißen Kreuz, das auf einem frisch aufgeschütteten Grab steht, liest den Namen*
Ida Gjentoft *[sprich: Jentoft]*

FRAU
Ich bin allein

MANN
*Blickt sie an*
Und ich soll
dein Geliebter werden

FRAU
Ich weiß nicht

MANN

Willst du sterben

FRAU

Oft
*Schaut ihn an*
Und weißt du was
oft
wenn ich am liebsten sterben würde
denke ich an dich
Manchmal kann ich dann spüren dass du da bist
Manchmal spüre ich nichts
und dann bist du nicht da
aber oft bist du da
und ich will öfter sterben wenn ich spüre
dass du da bist
als wenn ich spüre dass du nicht da bist

MANN

*Geht den Kiesweg entlang, ein wenig hin und her*
Aber das
*Schaut die Frau an*
ist doch total verrückt
Wir begegnen uns hier
ganz zufällig
wir haben uns schon früher getroffen
und dann
ja
*Schaut sie an*
Ich bin verheiratet
Ich bin treu
Ich habe ein Kind
für das ich sorgen will

FRAU

Ja ich weiß das
Ich weiß das alles

MANN

Ich mag meine Frau
*Kurze Pause*
Ich habe sie geliebt
ja
genau wie ich jetzt dich lieben könnte

FRAU

Ich bin allein
Ich vermisse dich

MANN

Alle sind allein

FRAU

Du nicht

MANN

Ich bin allein
alle sind allein

FRAU

Alle sind allein
*Entfernt sich über den Kiesweg*

MANN

Willst du gehen
Nein geh nicht

FRAU

*Dreht sich nach ihm um*
Komm
*Er geht hinterher, sie bleiben wiederholt stehen und sehen einander an, umarmen sich und drücken sich fest aneinander. Sie drehen sich um und gehen Hand in Hand ab, und beide sehen fast belustigt aus. Gleich danach kommt von der entgegengesetzten Seite eine Frau in Trauerkleidung, die Mutter, auf den Friedhof, sie trägt einen Kranz, geht mit kur-*

*zen Schritten, bleibt stehen, schaut in die Richtung, in der Mann und Frau abgegangen sind*

MUTTER

*Ruft ihnen nach*
Komm sofort zurück
Du darfst nicht gehen
Du darfst nicht einfach verschwinden
*Ein älterer Mann in Trauerkleidung, der Vater, kommt auf dem Kiesweg hinterher*
Denk an mich
an deinen Vater
Komm zurück
Du darfst nicht verschwinden
Du darfst nicht
Vergiss uns nicht
Komm zurück
Komm zurück
Du darfst nicht gehen
*Ein Zittern durchläuft ihren Körper, sie starrt vor sich hin, der Vater tritt neben sie und legt ihr den Arm um die Schultern*

VATER

Ist gut ist gut
Nimm's nicht so schwer
Es ist nicht so schlimm
*Pause*

MUTTER

*Sieht den Vater an*
Aber er
geht direkt in seinen Tod
Hast du ihn nicht gesehen
Begreifst du nicht was da passiert
Er stirbt
Er stirbt hier
vor unseren Augen

Er verlässt alles
sein Leben
alles
Er geht direkt in seinen Tod
Er schafft es nicht
Er verschwindet
er

VATER
*Unterbricht sie*
Nein so ist das nicht

MUTTER
*Verwundert*
So ist das nicht

VATER
Nein so ist das nicht

MUTTER
Siehst du es denn nicht
Ich sehe es ganz klar
Keine Frage was da passiert
Du musst das begreifen
du auch
er wird es nicht schaffen

VATER
Ich verstehe nicht was du sagst
Wir sind doch hier weil Mutter beerdigt wird
Sie ist gestorben
Darum sind wir hier

MUTTER
Begreifst du denn gar nichts
Ich habe gesehen wie er weggegangen ist
dein Sohn
unser Sohn

ist weggegangen
*Zeigt mit dem Finger*
da lang
und er kommt nie wieder

VATER
*Führt sie behutsam zur Bank, sie setzen sich, er nimmt den Kranz, hält ihn auf dem Schoß, sie schlägt die Hände vor die Augen*
So ist das nicht

MUTTER
Ich habe ihn gesehen
*Schaut den Vater an, fragend*
Hast du ihn nicht gesehen
*Deutet dem Mann und der Frau hinterher*
Ich habe gesehen
Wie er verschwunden ist
Hast du ihn nicht gesehen

VATER
Nein habe ich nicht
*Kurze Pause*
Mach dir keine Sorgen
Es ist anders
Das war er nicht

MUTTER
*Sieht den Vater verzweifelt an*
Aber kommt er nicht bald
Er muss zur Beerdigung kommen
seine eigene Großmutter

VATER
Er kommt schon noch
Wir sind einfach zu früh dran
Er kommt
*Kurze Pause*

MUTTER
Glaubst du sie kommt auch

VATER
Wer

MUTTER
Seine Geliebte
sein Tod
kommt sie

VATER
Ich weiß nicht von wem du redest

MUTTER
Ich glaube sie kommt

VATER
Ja ja
*Steht auf, legt den Kranz auf die Bank, stellt sich vor den Grabstein, wo anfangs der Mann gestanden hatte. Die Mutter dreht sich zu ihm um*

MUTTER
Bitte komm schnell her
Bitte setz dich schnell neben mich

VATER
Ja ja
*Kurze Pause*

MUTTER
*Schaut den Vater unverwandt an*
Hast du keine Angst

VATER
Nein

MUTTER
Überhaupt keine

VATER
Nein
*Seufzt*

MUTTER
*Steht auf, schreit fast in die Richtung, in der Mann und Frau abgegangen sind*
So komm doch
und setz dich hin
hier zu mir
Mach schon

VATER
*Nimmt sie in den Arm*
Setz dich
Immer mit der Ruhe

MUTTER
*Schaut ihn an*
Dreh dich um
schau
da kommt er
er und sie auch

VATER
*Dreht sich nicht um*
Nein setz dich jetzt hin

MUTTER
*Zum Vater*
Jetzt sieh doch

VATER
*Dreht sich um, schaut dann die Mutter an, die sich eben hinsetzt*
Immer mit der Ruhe

MUTTER

*Rasch, fragend*
Aber er hat gesagt
dass er kommt
als du mit ihm
telefoniert hast

VATER

Er kommt
Schließlich ist das die Beerdigung
seiner Großmutter

MUTTER

*Zur Selbstvergewisserung*
Er kommt sicher

VATER

Wir sind nur einfach früh dran

MUTTER

Ich habe solche Angst

VATER

Hab keine Angst
komm schon

MUTTER

Wir sind doch auch
schon alte Leute

VATER

Ja

MUTTER

Ich habe Angst dass du
mir wegstirbst
*Pause*
Ich habe so Angst allein zu sein

Und ich habe Angst um ihn
was
aus ihm wird
*Verzweifelt*
Ich weiß
dass er sterben wird

VATER
Wir alle werden sterben

MUTTER
Das Leben ist so schnell vergangen
Mir ist es als hätten wir uns
gerade erst kennen gelernt
*Pause*
Wo ist das Leben hin
Die Zeit vergeht
Die Tage
Wochen
Monate
Jahre
alles verschwindet einfach
im Nichts
Nichts bleibt
alles zieht
wie Wolken
Ein Leben ist ein Wolkenhimmel
bevor es dunkel wird
Ich habe solche Angst
Was aus ihm wird

VATER
Nur keine Sorgen
Nach der Beerdigung
fühlst du dich sicher besser

MUTTER
Es ist weil ich

nicht mehr nachdenke wie alles
eigentlich ist
Dann
rast alles einfach weiter
ohne Halt
ohne dass ich es merke
Aber ich habe immer
immer so Angst
tief in mir drin
habe ich Angst

VATER
*Resigniert*
Ja
*Pause*
Da kann man wohl nichts machen
*Pause*
Du hast ihn gesehen

MUTTER
Ja

VATER
Sicher

MUTTER
Ja
*Deutet in die Richtung*
dort
und er war mit ihr zusammen
mit seiner neuen Freundin
oder wie er sie nennt

VATER
Ja

MUTTER
Aber sie kommt sicher nicht zur Beerdigung

Sie will uns nicht begegnen
und Großmutter
hat sie auch nie gesehen
Warum sollte sie da
zur Beerdigung kommen

VATER
Nein sie kommt sicher nicht
*Fragend*
Aber er kommt doch
Er hat gesagt dass er kommt
am Telefon

MUTTER
Ja

VATER
Er kommt

MUTTER
Aber sie wohl nicht
*Pause*
Hat sich auch nie bei uns blicken lassen
dann kommt sie auch nicht zur Beerdigung
seiner Großmutter
*Pause*
Aber Gry und Gaute
die kommen
Ich habe mit Gry gesprochen

VATER
Was hat sie gesagt

MUTTER
Ja sie sagt
sie und Gaute kommen

VATER

Er hat auch gesagt er kommt
*Kurze Pause*
Er und meine Mutter
haben sich immer
so gut verstanden
sie
*Kurze Pause*
er kommt

MUTTER

Hat er gesagt
aber ich weiß nicht
*Pause*

VATER

*Schaut auf die Uhr*
Wir sind früh dran

MUTTER

Ja
*Pause. Sieht den Vater an*
Ich habe Angst

VATER

Sei ganz ruhig

MUTTER

Ja ich versuch's
*Pause. Wie für sich selbst*
Das ist wohl
das Beste

VATER

Dass Großmutter sterben konnte
ja

MUTTER

Ja

*Nimmt den Kranz, legt ihn sich auf den Schoß, der Vater steht da und schaut zu Boden, weit hinten kommen der Mann und die Frau, in Alltagskleidung, Hand in Hand*

VATER

*Zur Mutter*

Sie hat ein langes Leben gehabt

MUTTER

Ja

VATER

Und wir leben auch
schon lang miteinander

MUTTER

Aber die Zeit vergeht so schnell
unglaublich schnell

*Der Mann und die Frau im Hintergrund bleiben stehen, sehen einander an, dann umarmen sie sich und pressen sich aneinander. Der Vater geht zu einem Grabstein, steht davor und schaut ihn an. Die Mutter schaut zum Mann und der Frau. Zum Vater*

Siehst du denn nicht

*Der Vater reagiert nicht, schaut einfach weiter auf den Grabstein. Die Mutter steht auf, den Kranz in der Hand, sie schaut zum Mann und der Frau, die sich weiter umarmen, dann dreht sie sich zum Vater*

Siehst du denn nicht
Da steht er
er ist es
er umarmt sie

*Der Vater schaut nicht auf. Die Mutter geht auf den Mann und die Frau zu, sie legt ihm die Hand auf die Schulter, schüttelt etwas; der Mann schaut sie an, ist überrascht*

MANN

Nein bist du das
*Er und die Frau lassen einander los*

MUTTER

Ja
ich bin das
*Pause*
Ich habe da auf der Bank gesessen
mit Vater
Hast du uns nicht gesehen
*Der Mann schüttelt den Kopf*
Und da drüben
*Deutet hin*
steht Vater
Du siehst ihn
*Der Mann nickt*
Schön dass du dir Zeit nimmst
und zur Beerdigung kommst
Großmutter

MANN

Ich verstehe
Das muss ja sein
*Kurze Pause*
Ist ja meine Großmutter
die beerdigt wird
*Kurze Pause*

MUTTER

Wir haben da
auf der Bank gesessen
Vater und ich eine Weile
Ich habe euch gesehen
und da habe ich gedacht
*Bricht ab*

MANN

Ja
*Kurze Pause*
Ihr seid früh dran
ihr auch
*Pause*
Ja
*Pause*
Aber ihr
*Schaut die Frau an*
kennt euch wohl noch nicht

MUTTER

*Schüttelt den Kopf; die Frau schaut zu Boden*
Du bist nicht allein gekommen

MANN

Nein sie ist
auch dabei
*Die Mutter schaut zu Boden. Kurze Pause*
Ihr habt euch noch nicht kennen gelernt
aber jetzt ist es endlich so weit
*Kurze Pause*
Ihr hättet euch schon längst kennen lernen sollen
aber
ja hat eben nicht geklappt
*Schaut die Mutter an, die seinen Blick nicht erwidert*
Ihr hättet euch vielleicht
unter glücklicheren Umständen kennen lernen sollen
Aber ja

MUTTER

Es ist gut dass du da bist
*Kurze Pause*
Du und deine Großmutter
habt euch so gut verstanden als du klein warst
*Pause*
Sollen wir uns nicht hinsetzen

MANN

Können wir
ja

MUTTER

*Spricht weiter, deutet mit dem Finger*
Auf die Bank da
*Der Mann schaut die Frau an, sie lächeln*
Stimmt was nicht mit der Bank

MANN

Nein nein
*Die Mutter geht zur Bank, setzt sich hin, wo sie zuvor gesessen hatte, den Kranz im Schoß. Der Mann und die Frau bleiben stehen. Zur Frau*
Wir müssen uns zu ihr setzen

FRAU

Ich verstehe

MUTTER

*Zu ihnen*
Ja kommt
jetzt

MANN

*Zur Frau, will sie überreden*
Müssen wir schon

MUTTER

Ja bitte
Kommt und setzt euch

MANN

*Bleibt stehen, schaut die Frau an*
Kannst du nicht mitkommen
kannst du nicht bei mir bleiben
wir setzen uns hin

und du kannst
neben mir sitzen
*Die Frau sträubt sich*
Komm schon

MUTTER
Ja kommt jetzt
bitte
kommt doch

FRAU
*Zum Mann*
Ich weiß nicht ob ich soll

MANN
Komm schon

FRAU
Ich weiß nicht

MANN
Komm

MUTTER
Kommt doch jetzt

MANN
*Geht los, die Frau bleibt stehen, er dreht sich zu ihr um*
Du musst bei mir bleiben
*Die Frau geht ihm langsam hinterher, er nimmt sie bei der Hand, sie gehen zur Bank, setzen sich hin, er neben die Mutter, die Frau kuschelt sich dicht an ihn und macht sich so klein sie kann*

MUTTER
*Vor sich hin*
Nun ist Großmutter fort
*Pause*

MANN

Ja das ist traurig

MUTTER

Und jetzt wird sie beerdigt

MANN

*Schaut die Mutter an*
Schlaganfall
*Die Mutter nickt*
Nichts mehr zu machen
*Die Mutter schüttelt den Kopf. Der Mann, fragend*
Gar nichts

MUTTER

Im Krankenhaus haben sie
Sie ist ins Krankenhaus gekommen
da haben sie gesagt es ist am besten
wenn man nichts macht
alles seinen Gang gehen lässt

MANN

Ja

MUTTER

War sicher richtig so

MANN

Ein schwerer Schlaganfall

MUTTER

Sehr schwer
*Kurze Pause*
Ja so ist das
*Kurze Pause*
Es ist natürlich
furchtbar
*Pause*

Aber
*Pause*
Aber sie hat ein langes Leben gehabt
Immer gesund
das ganze Leben
nur in den letzten Jahren
ein bisschen gekränkelt
Mehr kann man eigentlich nicht wollen

MANN
Nein
Du warst bei ihr
als sie gestorben ist

MUTTER
Ja sie haben angerufen
am Abend
aus dem Altersheim
Da war sie schon im Krankenhaus
Wir sind sofort hin
und in der Nacht ist sie gestorben
*Pause*
wir waren da
Vater und ich
*Als der Vater erwähnt wird, dreht er sich um*
*und schaut zur Bank*
Es ging alles ganz schnell

MANN
Hat sie Angst gehabt

MUTTER
Ja
hat sie wohl
*Kurze Pause*
Sie war nicht ganz bei sich
aber hat wohl was mitbekommen
Reden konnte sie nicht mehr

aber ich bin sicher sie hat gehört was wir sagten
Ich hab's an ihren Augen gesehen
Aber es ging alles ganz schnell
*Der Vater hat sich wieder dem Grabstein zugewandt, geht dann weiter, betrachtet weitere Grabsteine*

MANN
Ich
*Bricht ab. Pause*

MUTTER
Sie hat ja vor ein paar Jahren
schon mal einen Schlaganfall gehabt

MANN
Ist aber lang her

MUTTER
Ein paar Jahre
ja

MANN
Hat sich aber erholt
danach
Hat sogar wieder
sprechen gelernt

MUTTER
Ja
Das war fast nicht zu glauben
Erst konnte sie nicht mehr sprechen
aber nach ein paar Stunden fing sie
nach und nach wieder an
Erst einfache Wörter
dann ganze Sätze
*Kurze Pause*
Und danach hat sie geredet
wie immer

fast
beinah kein Unterschied
*Schaut ihn an*
Stell dir vor sich so gut zu erholen
war auch da schon
ziemlich alt

MANN
*Fragend*
Aber gleich nach dem ersten Schlaganfall
hat sie überhaupt nicht sprechen können

MUTTER
Nein kein einziges Wort
nur ein paar Töne
sinnlose Geräusche

MANN
Aber dann nach und nach wieder

MUTTER
Ist das nicht unglaublich
*Kurze Pause. Die Mutter schüttelt den Kopf. Pause. Sie lacht kurz. Dann, vorwurfsvoller, als sie eigentlich möchte*
Ja daran
erinnerst du dich
ja
*Etwas entschuldigend*
Ich versteh du hast zu tun
das schon
Aber manchmal
*Bricht ab, lacht kurz*
Ich meine
*Bricht ab. Pause*

MANN
Na heute
zu ihrer Beerdigung
bin ich ja da

MUTTER

*Lächelt*

Du brauchst gar nicht

*Kurze Pause*

Aber du hättest uns mal besuchen können

bist seit Jahren

nicht zu Hause gewesen

Als wären wir

tot und gestorben

für dich

MANN

Ich habe oft gedacht wir sollten

euch besuchen

Das ist es nicht

MUTTER

Nur gut dass wir endlich mal

*Ironisch*

deine neue

Frau

kennen lernen

MANN

Ja

*Pause*

MUTTER

Wie geht es eigentlich Gry

MANN

*Etwas überrascht*

Gry

MUTTER

Ja

MANN

Gut nehme ich an
Ich weiß nicht
Ich rede nicht mehr mit ihr
nie

MUTTER

Du hast schon lang nicht mehr
mit ihr geredet

MANN

Nein

MUTTER

So ist das dann wohl

MANN

Aber es geht ihr gut
soweit ich weiß

MUTTER

Sie hat uns besucht
ist noch nicht lang her

MANN

Sie besucht euch

MUTTER

Ja

MANN

Ab und zu

MUTTER

*Nickt*
Mit Gaute
Manchmal besuchen uns die beiden
wie früher
Warum auch nicht

MANN

Nein warum auch nicht

MUTTER

Es ist doch schön
dass wir Kontakt halten
wie man so sagt

MANN

Ja

MUTTER

Ist gar nicht lang her
da waren sie und Gaute
bei uns
nein

MANN

Jetzt neulich

MUTTER

Vor ein paar Wochen sonntags
*Der Mann nickt*
Ich habe sie natürlich angerufen
und gesagt dass Großmutter gestorben ist
Sie hat gesagt sie kommt zur Beerdigung

MANN

*Etwas überrascht*
Sie kommt zur Beerdigung

MUTTER

Ja hat sie gesagt

MANN

Sie kann ja ruhig kommen

MUTTER

Sie hat gesagt sie will kommen
ja

MANN

Wie geht es ihr denn
also wo du mit ihr gesprochen hast
meine ich

MUTTER

Gut glaube ich
*Plötzlich betrübt*
Ja ja
Du
*Bricht ab*

MANN

Sie kann euch natürlich besuchen
so viel sie will
Ihre Sache nicht wahr
das
und eure

MUTTER

Ab und zu besucht sie uns
aber nicht so oft
*Pause*
Aber das weißt du ja
Du weißt dass sie uns
ab und zu
besucht
Hat sie ja getan
seit eurer Scheidung
Aber das weißt du
*Pause*
Ich freu mich drüber
dass sie uns besucht
*Die Frau schaut zum Vater, der zur Bank geht. Der Vater und die Frau sehen einander an, dann blicken beide zu Boden*

MANN

Ich versteh schon
*Lange Pause*
Ich habe nichts dagegen
Ist schon in Ordnung
Du denkst wohl
dass mir das nicht passt
Ich habe nichts dagegen
Im Gegenteil
Ich finde es gut
dass sie euch besucht

MUTTER

Sie kommt öfter

MANN

*Spricht weiter*
als ich

MUTTER

Ja tut sie
ja
Du bist seit Jahren
nicht bei uns gewesen
du
Deine neue Frau
habe ich noch nie gesehen
Ihr habt uns nie besucht
meine ich
Unsere frühere Schwiegertochter kommt weit öfter
zu Besuch
als unser eigener Sohn
Und sie

MANN

*Spricht weiter*
ruft öfter an als ich
*Kurze Pause*

ich wollte nur einfach gern
bei Großmutters Beerdigung dabei sein
*Der Vater erreicht die Bank, stellt sich daneben,*
*schaut zu Boden*

MUTTER
*Zum Mann*
Ja
das ist schon gut
*Pause. Die Mutter seufzt, dann lacht sie*
Wir haben sie immer gemocht
Aber das weißt du ja
War wirklich nicht leicht für uns
als ihr beschlossen habt
euch scheiden zu lassen
Wirklich nicht leicht
war das
*Pause*
Es war furchtbar
furchtbar

MANN
*Unterbricht sie, leicht resigniert*
Und heute
wird Großmutter beerdigt

MUTTER
Ja lass uns über etwas anderes reden

MANN
Großmutter
Ziemlich alt geworden
Aber trotzdem
traurig
dass sie nicht mehr da ist
*Kurze Pause*

MUTTER

Ja
aber alt ist sie geworden

MANN

Ja

MUTTER

Ja

MANN

*Zum Trost*
Wirklich alt
ja

MUTTER

Sehr sehr alt
*Kurze Pause. Schaut den Mann an*
Dass du jetzt
vierzig bist
ist auch kaum zu glauben

MANN

Nein stimmt
*Pause*

MUTTER

Aber wirklich schön
dich endlich wieder zu sehen
Es ist so lang her
jahrelang
dass ich dich gesehen habe

MANN

Aber Gry kommt oft
euch besuchen

MUTTER

Nicht wirklich oft
aber sie schaut mal vorbei
kommt mit ihrem alten Auto
sie und Gaute
*Kurze Pause*
Du hattest ja damals
den Wagen gekauft
nicht
*Der Mann nickt*
Der fährt
immer noch
*Er nickt wieder. Pause. Die Mutter schaut zum Vater*
Ja hier hast du
*Bricht ab, beugt sich vor, schaut die Frau an, dann den Vater*
Ihr müsst euch jetzt guten Tag sagen
Das ist
seine neue Frau
*Schaut zur Frau*
Ja jetzt lernt ihr euch endlich mal kennen
*Der Vater nickt, streckt seine Hand aus, die Frau steht auf und ergreift sie, sie stehen voreinander, die Mutter streckt ihre Hand aus, ohne aufzustehen, und die Frau gibt auch ihr die Hand*
Ja es war höchste Zeit dass wir dich mal kennen lernen

FRAU

*Bescheiden*
Ja

MUTTER

Ich habe es ihm schon gesagt
Ihr könnt uns gern mal besuchen
ab und zu

FRAU

Ja das verstehe ich

MANN

Wir wollten schon oft
aber es hat eben nicht geklappt

FRAU

Ja
*Zur Mutter*
Das ist jetzt traurig
dass
*Kurze Pause*

MUTTER

Ja

FRAU

Aber sie war wirklich alt
also nicht dass das was zu sagen hätte
aber

MUTTER

Es ist ganz unglaublich
Wir
*Schaut zum Vater*
haben gerade darüber geredet
wie schnell die Zeit vergeht
*Zur Frau*
Und Gaute ist auch schon fast erwachsen
*Kurze Pause*
Gaute kommt zu uns
also er hat uns besucht
ist gar nicht lang her
er ist wirklich schon
im heiratsfähigen Alter
wie man so sagt
unser Gaute bald zwanzig
Nicht zu glauben
*Zur Frau*
Gaute und seine Mutter

haben uns besucht
ist gar nicht lang her
Aber davor
haben wir ihn lang nicht gesehen
*Zum Mann*
Geht's ihm gut
Gaute

MANN
Soweit ich weiß
schon

MUTTER
Es war ja
nicht immer leicht
für ihn
nicht
*Die Frau schaut zu Boden. Pause*
Er hat bisschen müde ausgesehen
bisschen verbraucht
irgendwie
der Gaute
letztes Mal
*Schaut zum Mann*
Ich habe mir Sorgen gemacht
Was hat er nach dem Abitur angefangen

MANN
Nichts Besonderes

MUTTER
Aber das braucht noch nicht
*Bricht ab, schaut zur Frau, die dasteht und mit der Schuhspitze im Kies spielt*
Und mit deiner Arbeit alles in Ordnung

MANN
*Steht auf*

Danke
mit ihrer Arbeit ist alles in Ordnung
*Geht zur Frau, legt ihr den Arm um die Schultern.*
*Zur Mutter*
Alles in Ordnung

MUTTER
Mit deiner Arbeit auch

MANN
Ja

MUTTER
Schön zu hören

FRAU
*Zur Mutter*
Alles läuft bestens

MUTTER
Bei mir auch
Nur dass heute ein trauriger Tag ist
aber
*Kurze Pause. Spricht vor sich hin*
Nein ich weiß nicht
nein
*Zu Mann und Frau*
Aber sie war ja so alt
*Kurze Pause*
Und die Zeit vergeht so unglaublich schnell
Jahr um Jahr
Es ist unglaublich
wie schnell die Zeit vergeht

FRAU
Ja

MUTTER

*Zur Frau*
Unser Enkel
Gaute
ist auch schon
im heiratsfähigen Alter
*Lacht kurz*

FRAU

Nein so verkehrt ist das nicht
Er hat sicher Recht
wenn er nicht heiratet
jetzt noch nicht
jedenfalls
*Lacht nervös*

MUTTER

Das kannst du sagen
hat er
*Nickt zum Mann*
anders gehalten

FRAU

Nein er war ziemlich jung als Gaute kam

MUTTER

Sehr jung

FRAU

Die Ehe hat ja
auch nicht gehalten
*Bereut, dass sie das gesagt hat. Pause*

MUTTER

*Zögert*
Nein
Er war ein junger Vater
*Pause. Steht auf, legt den Kranz auf die Bank,*
*tritt zu Mann und Frau*

Ich weiß noch wie sie zum ersten Mal heimgekommen
sind
er und sie
Seine erste Frau
Gry
hochschwanger
wie ein kleines Mädchen hat sie ausgesehen
fast
aber mit einem Riesenbauch
Er hat auch
jünger ausgesehen als er war
ehrlich gesagt
wie ein Kind
hat er ausgesehen
und das war er ja im Grunde auch
Seltsame Erinnerung
Ist jetzt lang her
ich habe Fotos
*Will etwas aus der Tasche ziehen, hält aber inne,*
*schaut die Frau an*
Willst du sehen
*Schüttelt den Kopf*
Nein natürlich nicht
*Kurze Pause*
Hätte nicht fragen sollen
*Pause*
Unaufmerksam von mir
Ja er war ein junger Vater
sehr jung
selbst noch ein Kind
*Die Frau nickt*
Aber du warst früher nicht verheiratet

FRAU
Nein

MUTTER
Und hast keine Kinder

FRAU
Nein

MUTTER
Sie war jung
also Gry
und er auch
als das Kind kam
Aber irgendwie ist es gegangen
*Schaut zum Mann*
ist es doch
oder
*Der Mann nickt*
Alles geht
wenn es muss

FRAU
Aber ich glaube es ist nicht gut
wenn man so früh Kinder kriegt

MUTTER
Nein das ist nicht gut
finde ich auch
*Kurze Pause*
Aber sie war so tüchtig
Gry
und hat gut für Gaute gesorgt
*Schaut zur Frau*
Das muss ich sagen

FRAU
Ja
*Pause*

MUTTER
Sie sind klargekommen
*Schaut zur Frau*

FRAU

Ja
*Kurze Pause*

MUTTER

Sind sie
Wirklich
*Pause*

FRAU

*Schaut zum Mann*
Ich weiß nicht soll ich gehen

MUTTER

*Unterbricht sie*
Nein bleib noch ein bisschen
Rede ein bisschen mit mir

FRAU

Ja

MUTTER

Erzähl doch mal
*Bricht ab*
Ja
*Ihr fällt etwas ein*
Komm her
wir können
*Deutet auf die Bank*
uns hinsetzen und ein bisschen reden
uns bisschen
kennen lernen

FRAU

Ja
*Geht verlegen hin und setzt sich auf die Bank, die Mutter setzt sich ebenfalls und nimmt den Kranz in den Schoß.*
*Die Frau, verunsichert*
Ja

MUTTER

*Schaut sie an*
Das ist nett von dir
*Schaut die Frau an*
Jetzt können wir endlich reden
du und ich
Wir müssen uns ja mal kennen lernen
Hätten uns längst kennen lernen sollen
unter glücklicheren Umständen
aber es ist wie es ist
*Kurze Pause*
Aber das ist wirklich schön
dich endlich kennen zu lernen

MANN

*Geht zum Vater*
Ihr wart auch
früh dran

VATER

*Nickt*
Ja

MANN

Wir auch
*Pause*

FRAU

*Zur Mutter*
Wir hatten vor euch zu besuchen
aber dann hat es irgendwie nicht

VATER

*Zum Mann*
Du hast keinen Anzug an
Trägst dasselbe wie immer

MANN

Kam eben so

MUTTER

*Zur Frau*

Ja das ist gut

dich mal zu sehen

FRAU

Ja

*Pause*

MUTTER

Und es ist nett von dir

dass du

mitkommst

zu Großmutters Beerdigung

*Schaut sie an*

Du hast sie wohl nicht gekannt

*Die Frau schüttelt den Kopf*

MANN

*Zum Vater*

Lang nicht gesehen

VATER

Ja

ist lang her

*Der Mann geht ein paar Schritte, der Vater spricht in seinem Rücken weiter*

Warum hast du keinen Anzug angezogen

*Ziemlich kurze Pause*

Aber es ist gut

dass du zur Beerdigung kommst

trotzdem

*Pause*

Du musst dann auch mal nach Hause kommen

uns besuchen

*Der Vater schaut eine Zeit lang nieder, dann blickt er auf, zum Mann, der vor einem Grabstein steht, dann geht auch der Vater langsam los; Vater und Mann gehen umher und sehen Grabsteine an*

FRAU

*Zur Mutter*
Wir haben oft drüber geredet
euch zu besuchen
aber dann hat es irgendwie nicht

MUTTER

Wird schon so sein
*Pause*
Aber danke für die Karte
die du mir geschickt hast
Die aus Rom
Ich habe gleich gesehen
das war nicht seine Schrift
die kenne ich ja
Du hast die Karte geschrieben
*Die Frau nickt*
Danke wirklich
*Kurze Pause*
Ihr wart in Italien
ihr wart
*Die Frau schaut die Mutter etwas fragend an*
Das weißt du doch noch
Du hast die Karte geschrieben
Du weißt es nicht mehr
*Die Frau nickt*
Nein man kann sich ja nicht an alles erinnern
was
*Pause*
Und jetzt
*Bricht ab. Pause*

FRAU

Ihr wart auch
früh dran

MUTTER

Ja
*Kurze Pause*
Du musst uns besuchen kommen
Vielleicht gehen wir zusammen wandern
Und wir haben ein Boot
dann könntet ihr auf dem Fjord angeln fahren
wenn ihr wollt
*Pause*
Wenn wir nur erst mal
die Beerdigung hinter uns hätten
*Lacht kurz, schüttelt den Kopf*
Es ist vielleicht nicht schön
das zu sagen
aber
ja
*Erklärend*
Sie war alt und krank
seine Großmutter
Und es war das Beste für sie
dass sie sterben konnte
Ich weiß das
Ja
*Lange Pause*
Schlimm wie die Zeit vergeht
*Pause*
Es ist schon lang her
er war ein kleiner Junge
unser Sohn
Ein kleiner Junge der so gern
im Wasser planschte
Unseren kleinen Seehund
nannten wir ihn
Er hat so gern geangelt

damals
als er klein war
Er und Vater haben oft zusammen geangelt
den ganzen Abend lang
Bis es ganz dunkel war
sind sie manchmal auf dem Fjord geblieben

FRAU
Ja das hat er erzählt

MUTTER
Wir haben das Boot noch
Aber es liegt das ganze Jahr
im Schuppen
Man kann es rausholen
wenn man will
Seit ein paar Jahren war es nicht mehr draußen
Wir werden langsam alt
Vater und ich
*Kurze Pause*
Oder
*Kurze Pause*
wenn ich nachdenke
*Bricht ab*
Nein das war nichts
Nein weiß nicht
ich
*Zur Frau*
Fährst du gern mit dem Boot aufs Meer

FRAU
Nein nicht so besonders

MUTTER
Nein ich auch nicht
*Steht langsam auf, hält den Kranz in einer Hand;*
*der Mann dreht sich um, schaut zur Mutter*

FRAU

War nett ein bisschen mit dir zu plaudern

MUTTER

Ja

*Pause. Die Mutter schaut zum Mann, sie sehen einander an, dann blickt er nieder, dreht sich weg. Der Vater sieht, wie Mutter und Mann sich ansehen, dann geht er leise ab*

FRAU

Ja so ist das wohl

MUTTER

*Schaut auf die Uhr*

Wir sind immer zu früh dran

FRAU

Ja

*Pause*

MUTTER

Deine Eltern

geht es denen gut

FRAU

Ja danke

Alles in Ordnung bei ihnen

MUTTER

Wir kennen uns ja nicht

*Kurze Pause*

Aber die sind vielleicht nicht so alt

deine Eltern

gesund sind sie

FRAU

Ja

*Kurze Pause*

Meine Mutter war eine Zeit lang krankgeschrieben
aber jetzt geht sie wieder arbeiten
Ist wieder gesund

MUTTER

Ja
*Setzt sich wieder auf die Bank, den Kranz auf dem Schoß.*
*Pause. Sieht die Frau an.*
*Der Mann geht langsam auf beide zu*
Ja ich muss sagen ich bin froh
dass ich dich endlich kenne
Die Gelegenheit könnte zwar besser sein
Aber trotzdem ich freue mich
dass du auch
*Schaut sie an*
bei der Beerdigung von
seiner Großmutter dabei sein wolltest
*Kurze Pause*

FRAU

Ja
*Lange Pause. Der Mann erreicht die Bank*

MANN

Ja hier ist es still
*Kurze Pause*

MUTTER

*Schaut den Mann an*
Wir haben uns unterhalten
wir
*Sieht zur Frau*
nicht wahr

FRAU

Ja
*Pause*

MUTTER

Ich habe
*Zwinkert der Frau zu*
ihr viel von dir erzählt eben
Kann nützlich sein für sie das zu wissen
*Schaut die Frau an*
Nicht wahr

FRAU

Doch ja

MANN

Gut
*Kurze Pause*

MUTTER

Wirklich schön dass ich
sie jetzt endlich kenne
habe ich zu ihr gesagt
*Schaut zur Frau*
die Gelegenheit könnte zwar besser sein

MANN

Ja

MUTTER

*Zur Frau*
Ich hatte ihm eben erzählt
dass seine erste Frau
uns öfter besucht

MANN

Ja ja

FRAU

*Will aufstehen. Zum Mann*
Ich glaub ich

MUTTER

*Hindert sie, indem sie ihr die Hand aufs Bein legt*
Nein bleib noch bisschen sitzen

MANN

Wo ist Vater abgeblieben

MUTTER

Ach ja stimmt
*Pause. Zum Mann*
Und wie geht es Gaute so

MANN

Ja
so viel ich weiß
Ich war ja so alt wie er
als
er kam

MUTTER

Nein werde ich Urgroßmutter
*Lacht*
O nein o nein
Nein so alt
*Schaut die Frau an*
bin ich noch nicht
oder

MANN

Nein der ist dafür
zu klug
Gaute

MUTTER

*Neckend*
Nein du weißt wovon du sprichst
*Kurze Pause*

MANN

Er ist erst neunzehn

MUTTER

Neunzehn
ja
*Pause. Zur Frau*
Nein das war schön dass ich dich
endlich
kennen gelernt habe
Und jetzt wo wir uns kennen
können wir uns ja öfter mal sehen
Ihr müsst uns auf jeden Fall
im Sommer besuchen
*Schaut vom einen zum anderen*
Das war wirklich nett
euch endlich mal zu sehen
*Zur Frau*
Dich kennen zu lernen
Ich habe viel über dich nachgedacht
kannst du dir ja denken
*Kurze Pause. Der Mann wird etwas unruhig,*
*und die Frau steht auf*

FRAU

Ich glaub ich
*Bricht ab, sieht den Mann etwas verzweifelt an*

MUTTER

Du
*Bricht ab*

FRAU

*Zum Mann*
Ich glaub ich
*Bricht ab*

MUTTER

Ja ja
*Zur Frau*
Aber nach der Beerdigung
müssen wir weiterreden

FRAU

Ja

MANN

*Zur Frau*
Willst du gehen

FRAU

*Recht bestimmt*
Ja
*Pause. Zum Mann*
Können wir ein bisschen gehen
*Der Mann nickt. Kurze Pause*

MUTTER

War schön dass ich
euch endlich mal gesehen habe
*Kurze Pause*
Auf jeden Fall müsst ihr uns
im Sommer besuchen
Und wenn du
*Zur Frau*
gern badest
wir haben einen schönen Strand
unten bei unserem Haus
Im Sommer
kannst du da baden
meine ich

FRAU

*Nickt*
Ja

MUTTER
*Lacht*
Du badest doch gern
oder

FRAU
Doch
Früher jedenfalls
*Lacht*

MUTTER
Und ihr könnt in den Bergen wandern
wenn ihr wollt

MANN
Wir haben schon darüber geredet
*Pause*

MUTTER
*Zum Mann*
Du und Gaute ihr seid ja immer zusammen
in die Berge gegangen
*Der Mann nickt*
Lange Wanderungen
habt ihr gemacht

MANN
Ja

MUTTER
*Zur Frau*
Jeden Sommer
als Gaute noch klein war
sind sie zusammen in die Berge
Ja das haben sie gemacht
Sind morgens früh auf
vor allen anderen
und losgezogen

MANN

Ja ja

MUTTER

*Immer noch zur Frau, spricht weiter*
und erst spätabends heimgekommen
*Schaut den Mann an*
Wenn ihr nicht sogar in den Bergen übernachtet habt
Was

MANN

Hmhm

MUTTER

Und ich und Gry

MANN

*Unterbricht sie, spricht an ihrer Stelle weiter*
hatten so Angst
Wir saßen allein zu Hause und hatten Angst

MUTTER

*Zur Frau*
Ja so war das
*Pause*
Und Gaute geht's also gut

MANN

*Zuckt mit den Schultern*
Ganz gut so weit
ich weiß nicht genau
habe ich gesagt
Ich glaub es geht ihm gut

MUTTER

Auf dem Gymnasium
hat er sich nicht so wohl gefühlt

MANN
Nein eigentlich nicht
aber irgendwie
hat er es geschafft

FRAU
*Nimmt den Mann beim Arm*
Gehen wir jetzt

MUTTER
Nein bleibt hier bei mir
*Kurze Pause*
Ich denke so oft an Gaute

FRAU
Ich glaub ich will ein bisschen rumgehen Gräber ansehen
*Sie geht. Der Mann bleibt stehen und schaut der Frau nach. Die Mutter sieht ihn verstohlen an*

MANN
*Zur Mutter*
Wenn du redest
klingt es die ganze Zeit
als wolltest du mir Vorwürfe machen
oder ihr
weil wir
Ja
Kannst du damit nicht aufhören
Es ist nicht auszuhalten
Sie hat dich noch nie gesehen
Das ist das erste Mal
Sie hat vor dir Angst gehabt
und du führst dich so auf
Das ist furchtbar
Ja
Wir sind erwachsene Menschen
Gaute ist erwachsen
Ich weiß

du hast es gesagt jedes Mal am Telefon
du findest es schlimm dass ich mich
von Gry habe scheiden lassen
*Der Vater kommt langsam wieder heran, bleibt stehen,*
*schaut zu Mutter und Mann, dann zu Boden*
Ich weiß das
Ich weiß
Aber kannst du nicht
ihr zuliebe
den Mund halten
*Kurze Pause*
Oder begreifst du gar nichts
So geht das nicht
Es ist in Ordnung wenn du sie nicht magst
Schon in Ordnung
In Ordnung
In Ordnung
Aber sollen wir euch jetzt besuchen
wie du sagst
oder nicht
Soll ich bei Großmutters Beerdigung
dabei sein
oder nicht
Sollen wir wieder gehen
Begreifst du denn gar nichts

MUTTER
*Überrumpelt, verteidigt sich, sehr nervös*
Ich habe nichts gesagt
nicht ein böses Wort

MANN
Nein gesagt nicht
kann schon sein
gesagt nicht
aber trotzdem
du sagst es die ganze Zeit

MUTTER

Da haben wir es
da haben wir es

MANN

Bald erzählst du wieder das von Vater
dass er geweint hat wie ein Kind morgens
wie furchtbar er es gefunden hat
dass wir uns haben scheiden lassen
Jedes einzelne Wort von dir
ist ein Vorwurf

MUTTER

Ich verstehe nicht
Das stimmt nicht
Ich bin nur einfach so froh dich endlich wieder zu sehen
*Kurze Pause*
Ja natürlich habe ich mich
über die Scheidung nicht gefreut
aber das weißt du ja

MANN

Ja klar
*Schaut sich um, geht dann rasch über den Friedhof in die Richtung, in die zuvor die Frau gegangen ist. Die Mutter steht auf, hält den Kranz mit beiden Händen, schaut ihm nach und sieht, dass er weggeht*

MUTTER

*Zum Vater*
Kannst du nicht herkommen
bisschen zu mir
*Der Vater geht auf sie zu, sie auf ihn, als sie sich treffen, streckt sie einen Arm nach ihm aus, er nimmt sie bei der Hand*

VATER

Jetzt ist es wohl bald so weit

MUTTER

Sie sind weggegangen
er und sie einfach weggegangen

VATER

Nein
Sind wohl nur ein bisschen spazieren
Er will doch bei Großmutters
Beerdigung dabei sein
tja
ich verstehe ihn

MUTTER

*Ängstlich*
Er wird sterben
Ich weiß es
Er stirbt
er ist weggegangen
Ich weiß er geht in den Tod
Er und die da
das ist der Tod
Sie ist der Tod
Ich weiß das
Ich sehe das

VATER

Nein
Mach dir keine Sorgen
*Kurze Pause*
Sie ist eine ganz normale Frau

MUTTER

Vielleicht
Aber er stirbt
Ich kann nicht nachdenken
ich verstehe nicht viel
aber ich weiß dass er
in seinen Tod geht
Begreifst du das nicht

VATER

Nein
Mach dir keine Sorgen
komm schon

MUTTER

Er ist weggegangen
und ich sehe ihn nie wieder
Das weiß ich

VATER

*Schaut auf die Uhr*
Wir müssen jetzt bald gehen
Es ist Zeit
Wir müssen

MUTTER

*Steht da und schaut in die Richtung, in die der Mann abgegangen ist, lässt die Hand des Vaters los*
Hol sie zurück
Sag ihnen sie sollen zurückkommen
Sie müssen mit zur Beerdigung
beide
begreifst du nicht
*Der Vater schaut zu Boden*
Jetzt geh schon
schnell
Verstehst du gar nichts
du

VATER

Immer mit der Ruhe
Die kommen
schon noch
zur Beerdigung kommen sie
Dazu sind sie doch hier

MUTTER

Er war nur zufällig hier
Er wollte gar nicht zur Beerdigung
Ganz zufällig
zusammen mit ihr
ja
Sie hatten sich ja nicht mal richtig angezogen
für eine Beerdigung
Sie waren nur
ganz zufällig hier

VATER

*Überrascht, schwankend*
Meinst du
Nein das kann nicht sein

MUTTER

Doch
Jetzt geh
schnell
geh sie holen

VATER

Nein
Das kann nicht sein
Komm jetzt
Hak dich unter
dann gehen wir
wir müssen los
Es ist Zeit
*Die Mutter hakt sich bei ihm unter, der Vater nimmt ihr den Kranz ab, trägt ihn vor sich her; sie gehen langsam den Kiesweg hinab*

MANN

*Kommt zurück, ruft*
Ihr geht los

VATER

Ja
ihr müsst jetzt kommen
es ist Zeit

MUTTER

*Zum Mann*
Da bist du ja
Du musst jetzt kommen

MANN

Ja wir kommen
*Vater und Mutter bleiben stehen, der Mann läuft weg*

VATER

Da siehst du's
Er ist da
Er kommt
*Der Mann und die Frau kommen zurück, sie führen einander bei den Händen, und es könnte so aussehen, als hätte sie geweint. Der Vater spricht sie an*
Ihr müsst jetzt kommen
Es wird langsam knapp
*Sie zögern. Fast wütend*
Jetzt kommt schon
Meine Mutter wird beerdigt
Kommt
*Der Mann und die Frau blicken zu Boden, gehen zu Vater und Mutter, die sich umdrehen und losgehen, die beiden anderen hinterher. Gry, auch sie in Trauerkleidung, kommt ihnen mitten über den Kiesweg entgegen*
Schau mal
da kommt Gry

MUTTER

*Schaut auf*
Ach Gry
*Zum Vater*

Nein das ist aber nett
*Gry bleibt stehen und wartet auf sie.*
*Mutter und Vater erreichen sie, bleiben stehen*
Gut dass du gekommen bist

GRY
*Wirkt sehr aufgeregt, spricht die Mutter an*
Ja es ist höchste Zeit
ich weiß

MANN
*Zu Gry*
Ist mit Gaute was nicht in Ordnung

GRY
Wir reden später darüber

MANN
Was ist los

GRY
*Bittet ihn*
Jetzt nicht

MANN
Sag es
was ist

MUTTER
Es wird doch mit Gaute alles in Ordnung sein
was

VATER
Wir müssen jetzt los
es ist Zeit

GRY
*Zur Mutter*
Er ist im Krankenhaus

MANN

Erzähl
Erzähl schon was los ist

GRY

*Zur Mutter*
Er ist heute Nacht eingeliefert worden

MANN

Ist es was Ernstes

GRY

*Fängt beinahe an zu weinen*
Ja wahrscheinlich

MUTTER

Wird schon nichts Ernstes sein
Komm

GRY

Ja
*Mutter und Vater setzen sich wieder in Bewegung. Der Mann legt der Frau den Arm um die Schultern, und sie lehnt sich an ihn. Gry geht zu ihnen, bleibt stehen, sie spricht dem Mann fast mitten ins Gesicht*
Vielleicht muss er sterben

MANN

*Schaut nieder, schaut dann Gry an, die immer noch dicht vor ihm steht. Verzweifelt*
Kannst du nicht gehen
Verschwinden
Es ist nicht deine Großmutter
Es ist meine Großmutter
Hau ab
Geh
Hau einfach ab

MUTTER

*Dreht sich um, schaut Gry bittend an*
Nein nicht gehen
bleib hier
du musst bei uns bleiben
*Gry geht zu Mutter und Vater*

MANN

Kannst du nicht erzählen
was mit Gaute los ist
erzähl schon
was ist

MUTTER

*Zum Mann*
Du musst warten
Wir müssen
Die Beerdigung

VATER

Ja komm jetzt
wir müssen
*Vater, Mutter und Gry gehen los.*
*Mann und Frau bleiben stehen und schauen einander an,*
*sie löst sich von seinem Arm und geht ein Stück zurück*

FRAU

*Bittend, zum Mann*
Komm
Wir müssen gehen
Hier können wir nicht bleiben
Wir haben uns doch eben erst wieder gesehen
und schon ist es so als wären wir seit immer hier
als würden wir uns ewig lang kennen
Was ist das
Was sind wir
*Ängstlich*
Und du sollst nicht sterben

Du lebst
Wir haben uns eben erst gefunden
und du lebst
Komm

MANN
*Resigniert*
Ich lebe
Wir wollen bloß noch zu der Beerdigung
von meiner Großmutter
Komm jetzt
*Mutter und Vater und Gry bleiben stehen*

MUTTER
*Zum Mann*
Jetzt musst du aber kommen

VATER
Ja komm jetzt

GRY
*Zum Mann*
Gaute ist im Krankenhaus
Ich muss zu ihm
Ich kann nicht hier bleiben

MUTTER
*Zu Gry*
Wenn du denkst dass das am besten ist
dann geh ruhig
zu ihm

GRY
Ich muss
*Die Frau geht zur Bank, der Mann schaut ihr nach*

VATER
*Zur Mutter*

Wir müssen
*Mutter und Vater gehen den Weg weiter*

MANN
*Zur Frau*
Du darfst nicht gehen

FRAU
Hier kann ich nicht bleiben

GRY
*Zum Mann*
Dir ist alles egal
Gaute liegt im Krankenhaus
und dir ist er egal
alles ist dir egal
völlig egal
*Sie dreht sich um, läuft Mutter und Vater nach, erreicht sie; die Mutter hakt sich bei Gry unter. Sie gehen langsam ab. Die Frau setzt sich auf die Bank. Lange Pause.*
*Der Mann geht zu ihr, stellt sich vor die Bank*

MANN
*Verlegen*
Darf ich mich neben dich setzen

FRAU
*Erfreut*
Natürlich

MANN
Ich darf

FRAU
*Streckt den Arm nach ihm aus*
Natürlich
*Der Mann setzt sich, die Frau legt ihm den Arm auf die Schulter und schaut ihn an*

Da sitzen wir also wieder
auf unserer Bank
du und ich

MANN
Ja
*Kurze Pause*
Aber es ist so lang her

FRAU
Hier sind wir uns damals begegnet
haben uns zusammengetan
War doch hier

MANN
Ja
doch

MUTTER
*Kommt zurück, ruft*
Ihr müsst jetzt kommen
*Die Frau zieht ihren Arm zurück*
Kommt jetzt
bleibt nicht einfach da sitzen

VATER
*Kommt zurück, nimmt die Mutter beim Arm.*
*Ruft den beiden auf der Bank zu*
Kommt jetzt
Wir können nicht mehr warten
Es ist Zeit

MUTTER
*Ruft*
Kommt
Bitte
Kommt
*Der Vater führt die Mutter weg*

FRAU

Willst du nicht zur Beerdigung

MANN

Es ist so lang her
*Legt ihr den Arm um die Schultern, drückt sie an sich*
Es ist so lang her
so so lang her
alles ist so lang her
so so lang her

FRAU

Alles so lang her
so so lang
*Kurze Pause*
Und so viel ist passiert

MANN

*Zieht den Arm zurück*
Alles ist passiert
und nichts

FRAU

So viel ist passiert

MANN

Ja wir haben viel miteinander erlebt
du und ich

FRAU

Und wir haben zusammengehalten
Was auch immer
wir haben zusammengehalten

MANN

Du und ich

FRAU

Du und ich
Wer hätte das gedacht
Also ich
jedenfalls nicht

MANN

Es war so viel

FRAU

*Steht auf*
Wir haben zusammengewohnt
und sind umgezogen und verreist
Wir haben gelebt und gekämpft
füreinander und gegeneinander
aber wir haben immer zusammengehalten
du und ich

MANN

Wir haben zusammengehalten

FRAU

Es war so viel

MANN

Man kann nichts sagen
alles ist wirklich gewesen
und wenn man versucht es zu sagen
bleibt nichts davon zurück

FRAU

Aber wir sind zusammen gewesen

MANN

Wie der Wind
und die Wellen

FRAU

Wie der Wind und die Wellen
also du
*Zieht ihre Jacke aus, legt sie auf die Bank. Schaut ihn schelmisch an*
Ich
*Zieht ihren Pullover aus*
Ich will mit dir

MANN

Nein nicht jetzt

FRAU

Ja jetzt
jetzt gleich
hier
und jetzt

MANN

Nein
Jetzt hör aber auf

FRAU

Nein

MANN

Hör auf

FRAU

Nein

MANN

Warum denn jetzt

FRAU

Ich will
*Legt den Kopf schief, schaut ihn bittend an*

MANN
Nicht jetzt

FRAU
Ich will aber

MANN
Ich kann nicht
muss das denn
nein nicht jetzt

FRAU
Sag nichts mehr

MANN
Ich will nicht mehr
Ich will allein sein

FRAU
Red keinen Unsinn
Das meinst du nicht ernst
*Kurze Pause*
Ich will dein Hund sein

MANN
Geh
Ich will nicht
mach keinen Unsinn

FRAU
Ich will dich lecken
*Bettelnd*
Kann ich nicht dein Hund sein
Ich will dich lecken

MANN
Ich will nicht

FRAU

Klar willst du
*Schaut ihn an*
ich will dein Hund sein
*Kniet sich vor seinen Füßen hin, streichelt seine Beine*
ich will

MANN

*Versucht sie wegzuschieben*
Ich will allein sein

FRAU

Du sollst mich ficken

MANN

Nein

FRAU

Lüg nicht
Ich kenne dich
zu gut

MANN

Nein
Ich halte das nicht mehr aus
*Steht auf*

FRAU

Lüg nicht
Ich kenne dich
zu gut
*Hält sein Hosenbein fest*
Ich will dich
Bitte nimm mich
Nimm mich

MANN

Nicht jetzt

Ich will dich nicht
Ich halte dich nicht mehr aus
Ich habe dich nie gemocht
Ich ertrage dich nicht

FRAU
*Klammert sich immer fester an ihn*
Nimm mich
Benutz mich
Nimm mich
benutz mich

MANN
*Greift in ihr Haar, biegt ihren Kopf hintüber,*
*sie sperrt den Mund auf, streckt die Zunge heraus*
Ich habe keine Lust dich zu ficken

FRAU
Nimm mich
*Packt seinen Gürtel, presst ihr Gesicht an seinen Schritt*

MANN
*Versucht wieder, sie wegzuschieben*
Ich ertrage dich nicht mehr

FRAU
Nimm mich

MANN
Ich kann nicht mehr mit dir zusammen sein
ich will allein sein

FRAU
*Lässt den Gürtel los, fällt wieder auf die Knie, schaut zu ihm hoch, fasst sich zwischen die Beine, streichelt auf und ab. Er steht da und schaut schräg auf sie hinunter*
Bitte komm
nimm mich jetzt

Ich will dass du mich nimmst
Komm
Komm und nimm mich
Nimm mich

MANN
Ich will dich nie mehr wieder sehen

FRAU
Sag das nicht
Du musst
Du musst
*Der Mann drückt sie rücklings auf den Boden, legt sich auf sie. Sie rutscht unter ihm weg, steht auf*
Nein lass das
Nicht hier
Ich habe das nicht ernst gemeint
War nur Spaß
Lass das
nicht hier
Lass das
*Er steht auf. Pause*
Warum tun wir so was

MANN
Was wollen wir

FRAU
Warum ist das so

MANN
Ich verstehe es nicht
*Pause*
Was tun wir hier
Warum sind wir hier

FRAU
Du darfst mich nie verlassen

MANN

Ich werde dich nie verlassen

FRAU

Du musst mit mir zusammen sein

MANN

Wir werden immer zusammen sein
immer werden wir zusammen sein du und ich
*Kurze Pause. Sie legt ihm die Hand in den Schritt, lässt sie dort liegen*

MANN

*Nimmt ihre Hand weg*
Können wir uns nicht hinsetzen
*Sie gehen zur Bank und setzen sich hin. Sie nimmt seine Hand, legt sie sich zwischen die Beine, legt ihre Hand darauf. Er sieht sie an*
Ist dir nicht kalt so

FRAU

Nein
nicht besonders

MANN

Du musst den Pullover wieder anziehen
und die Jacke

FRAU

Ja

MANN

Wir müssen nach Hause

FRAU

Wir haben kein Zuhause

MANN

Nein

FRAU

Wir können in mein Hotelzimmer gehen
*Schaut ihn an, lächelt*

MANN

*Überrascht*
Ja

FRAU

*Neckt*
Willst du denn nicht nach Hause zu deiner Frau
zu Gry
so heißt sie doch oder
Gry
ja

MANN

Nein
Ich kann nirgendshin
Ich will mit dir zusammen sein
Du und ich

FRAU

*Spricht weiter*
wollen zusammen sein
*Fröhlicher*
Das wollen wir
*Rasch*
Vielleicht kannst du mit in meinem Hotelzimmer wohnen

MANN

Oder wir nehmen ein Doppelzimmer

FRAU

Wir versuchen einfach

ob du mit in mein Zimmer kannst
ob wir uns reinschummeln können
und keiner uns sieht

MANN
Das können wir
*Zieht seine Hand zurück*

FRAU
*Etwas glücklich*
Das tun wir
Und dann
wenn wir im Zimmer sind
ziehen wir uns aus
ich kann mich vor dir nackt ausziehen

MANN
Nicht ganz nackt

FRAU
Nur fast nackt

MANN
Nur fast nackt

FRAU
Und dann musst du mich ficken

MANN
Ich weiß nicht ob ich dich ficken will
*Kurze Pause*
Du bist das Beste was ich kenne
da kann ich dich nicht einfach ficken

FRAU
*Wie resigniert*
Ebendarum musst du mich ficken

MANN

Nein
ich will nicht

FRAU

*Entgegnet schnell*
Oder wir können uns beide ausziehen
daliegen warm und sicher
beieinander

MANN

Ja
*Steht auf*
Und dann können wir tun was wir wollen
wenn wir wollen
wenn nicht
tun wir nichts

FRAU

Aber

MANN

Ja wenn du aber nicht willst
*Lacht kurz*
dann brauchst du nicht
So einfach ist das

FRAU

Absprache

MANN

Alles ist ein Spiel

FRAU

Und alles ist ernst

MANN

Alles ist ein ernstes Spiel

FRAU
Der war gut

MANN
Alles ist ein ernstes Spiel

FRAU
*Etwas ernster*
Aber dahinten
dort

MANN
Dahinten ist nichts
und dann Licht

FRAU
Licht ach
Aber
ist das nicht auch
Licht
in dem anderen auch
in dem ernsten Spiel
meine ich
*Der Mann zuckt mit den Schultern*
Aber

MANN
Was aber

FRAU
Aber
warum kannst du mich nicht ficken
Ich will gefickt werden
und dann musst du sagen
dass ich es nicht wert bin dass du mich fickst

MANN
Später vielleicht

nicht jetzt
nicht hier

FRAU
Liebst du mich nicht
mehr

MANN
Ich hasse dich
Vielleicht hasse ich dich

FRAU
Warum

MANN
Warum darum

FRAU
Du liebst mich und du hasst mich

MANN
Ja

FRAU
Du bist
ein Hund
und mein Mann

MANN
Nicht nur

FRAU
Du bist ein Hund

MANN
Ich bin ein Hund

FRAU

Und ich eine Hündin

MANN

Tod
Tod und Liebe

FRAU

Das ist nicht dasselbe
*Lacht*

MANN

Nein
Nichts ist dasselbe

FRAU

Und alles ist dasselbe
Ist es das was
du meinst

MANN

Wahrscheinlich
*Die Frau küsst ihn unvermittelt auf die Wange, zieht dann den Pullover an*
Du frierst
*Die Frau nickt*
Ja es ist ziemlich kalt

FRAU

*Zieht die Jacke an*
Ich friere ein bisschen ja
*Beide setzen sich wieder auf die Bank, jetzt mit einigem Abstand zueinander. Pause*
Ich spüre schon dass du mich nicht mehr liebst

MANN

Ich liebe dich
Ich bin nur müde

FRAU

Die ersten Jahre
da hast du mich geliebt

MANN

Aber das hält nicht ewig

FRAU

Sieht
wohl so aus

MANN

Aber ich liebe dich
Wenn auch vielleicht nicht mehr so
wie damals

FRAU

*Spricht weiter*
als wir in meinem Hotelzimmer
miteinander schlafen wollten
*Fröhlich*
Weißt du noch
Weißt du noch
Wie der Portier uns nachgerannt kam
und rief
«Nein nein
das geht aber nicht»
und du in der Rezeption warten musstest
während ich meine Sachen geholt habe
und dann sind wir in ein anderes Hotel
in ein Doppelzimmer
Weißt du noch

MANN

*Lächelt*
Ja ja

FRAU

Und dann haben wir da gewohnt
für ein paar Tage
und dann bist du mitgekommen
umgezogen in meine Wohnung
Weißt du noch

MANN

Ja ja

FRAU

*Lacht*
Aber da wolltest du nicht wohnen bleiben
Du konntest dich irgendwie nicht
ins gemachte Nest setzen
hast du gesagt
So hast du das genannt
ins gemachte Nest
Und wir mussten umziehen
und dann haben wir ein altes Haus gekauft
*Lacht*
Du und die alten Häuser
Und dann habe ich all meine alten Freunde verloren

MANN

Und ich
all meine alten Freunde

FRAU

Und dann haben wir dagesessen
in dem alten Haus

MANN

Und da sitzen wir immer noch
tun wir doch

FRAU

Ja natürlich tun wir das

MANN

Und weißt du noch
wie du meine Eltern
zum ersten Mal gesehen hast

FRAU

Und ob ich das noch weiß

MANN

Bei der Beerdigung meiner Großmutter

FRAU

Ja hör bloß auf
*Kurze Pause*
Nein das war schlimm

MANN

Und am Ende
sind wir beide nicht mit zur Beerdigung
*Lacht resigniert*
Ich bekam mit Mutter Krach
Und dann sind wir einfach gegangen
Und seitdem hat keiner von uns
meine Eltern wieder gesehen

FRAU

Und jetzt ist dein Vater gestorben

MANN

Trauriger Gedanke

FRAU

Zu seiner Beerdigung
hätten wir aber wirklich gehen können

MANN

Ja
*Kurze Pause*
Aber jetzt ist es zu spät

FRAU

Stell dir vor wir sind einfach weggegangen
statt zur Beerdigung
von deiner Großmutter

MANN

Sie hätte das verstanden
meine Großmutter

FRAU

Dumm dass ich sie nicht mehr kennen gelernt habe

MANN

Und meine erste Frau
hast du da auch getroffen

FRAU

Ja stimmt
*Pause*
Können wir nicht gehen
Wir können hier nicht bleiben
Ich friere
Wir müssen gehen

MANN

Setz dich ein bisschen näher zu mir
*Sie rückt zu ihm, und er legt ihr den Arm um die Schultern.*
*Pause*

FRAU

*Zu ihm hoch*
So viel ist passiert

MANN

Aber wir halten zusammen

FRAU

Wer hätte das bloß
gedacht

MANN

Nein du hast sicher nicht gedacht
dass ich bei dir bleibe

FRAU

Nein wahrscheinlich nicht
Oder
wenn ich nachdenke
doch ich habe gewusst dass du bleibst
bei mir

MANN

Aber was ist mit all den anderen Frauen

FRAU

Treu bist du nicht gewesen

MANN

Nein
bin ich nicht

FRAU

Trotzdem warst du es
irgendwie

MANN

War ich wohl
ja

FRAU

Treu bis in den Tod

MANN

Du sprichst wahrer
als du denkst
*Zieht den Arm zurück*

FRAU

Nein red keinen Unsinn
*Steht auf*
Komm
Lass uns nach Hause gehen
Lass uns zu unserem alten Haus gehen

MANN

Es ist ein gutes Haus

FRAU

Ein gutes und kaltes
Komm jetzt
du alter Mann

MANN

Ich komme
*Bleibt sitzen*

FRAU

Bist du so alt geworden
dass du nicht mehr aufstehen kannst

MANN

Ich weiß nicht
*Schaut sie an*
Ich ertrage
dieses alte Haus nicht mehr
Wir müssen es verkaufen

FRAU

Darüber können wir später reden
nicht jetzt
Das sagst du schon
seit wir das Haus haben
Alte Häuser kaufen
alte Häuser verkaufen
Hast du keine

andere Beschäftigung
Komm jetzt
Du und deine alten Häuser

MANN
Alte Häuser
immer alte Häuser

FRAU
Komm
*Unvermittelt*
Ich habe ein bisschen Angst
Ich weiß nicht
aber auf einmal krieg ich so Angst
Da ist was
Was bloß
Ich werde so unruhig
Was ist das
*Verzweifelt*
Du darfst nicht verschwinden
Du musst bei mir bleiben
jetzt wo du und ich
endlich zueinander
gefunden haben
darfst du nicht verschwinden
bleib bei mir
Was ist das
Ich kriege so Angst

MANN
Da ist nichts
Nichts
Du brauchst keine Angst zu haben

FRAU
Da ist was
und ich weiß nicht
was das ist
ich habe so Angst

MANN
Nichts ist da
Komm wir gehen
*Bleibt sitzen*

FRAU
Können wir nicht gehen

MANN
Ich will mir Großmutters Grab ansehen
Ich will ihr Grab besuchen

FRAU
Nein komm jetzt

MANN
Können wir das nicht tun

FRAU
Ein andermal
nicht jetzt
Ich habe so Angst
Du darfst mich nicht verlassen
jetzt wo ich
dich endlich
gefunden habe

MANN
Können wir nicht kurz an
Großmutters Grab
Ich will mal nachsehen
es ansehen

FRAU
Können wir das nicht später tun
ein andermal
nicht heute
Das kann doch noch warten

MANN

Nein jetzt
Ich will jetzt

FRAU

Nein ich will nicht
Ich habe so Angst
Ich will nicht allein bleiben
Ich bin so viel allein gewesen
Ich bin immer
allein gewesen

MANN

Wir haben keine Kinder gekriegt

FRAU

Wir wollten keine

MANN

Wir haben keine gekriegt

FRAU

Nein nein

MANN

Und jetzt sind wir allein

FRAU

Ja ja
Komm jetzt

MANN

Wir

FRAU

Nein wir haben keine Kinder gekriegt
Aber komm jetzt
komm wir gehen

MANN

Ja lass uns gehen

FRAU

Alles ist passiert
und nichts
*Die Mutter und Gry kommen, beide wie zuvor in Trauerkleidung. Die Frau geht ihnen ein Stückchen entgegen, bleibt stehen, dreht sich nach dem Mann um*
Komm jetzt
*Der Mann bleibt weiter sitzen. Die Frau, ängstlich*
Wir können hier nicht bleiben
Sie kommen
Schau dort
*Deutet*
Da kommen sie
Komm
Schnell
Wir müssen gehen
komm
Wir können hier nicht bleiben
Komm

MUTTER

*Ruft ihnen zu*
Jetzt wo es vorbei ist
kommt ihr

GRY

Gaute ist tot

FRAU

*Zum Mann*
Alles ist lang her
und wir können hier nicht bleiben
Wir müssen gehen
*Der Mann steht auf*

MANN

*Zu Gry*
Es ist lang her dass Gaute gestorben ist

GRY

Nichts ist lang her

MANN

*Verzweifelt*
Es ist lang her
Jahr und Tag
ist es her

GRY

Nichts ist lang her

FRAU

*Nimmt den Mann beim Arm*
Wir müssen gehen
*Er bleibt stehen*

MUTTER

*Verzweifelt zum Mann*
Nein du darfst nicht gehen
Du stirbst
wenn du gehst
Du darfst nicht mit ihr gehen
Du darfst nicht
*Die Frau steht immer noch da und hält den Mann am Arm fest*
Und zur Beerdigung
deiner eigenen Großmutter
hättest du wirklich kommen können

GRY

Gaute ist tot
und dir ist es egal
Ich wusste es

wusste dass es dir egal sein würde
*Beginnt zu weinen*

MUTTER
*Zum Mann*
Ich ertrage dich nicht mehr
Ich will dich nicht mehr sehen
Nicht einmal zur Beerdigung
von deinem Vater
konntest du kommen

MANN
Wir waren

MUTTER
*Unterbricht ihn*
Keine Ausreden
Ich will dich nicht mehr sehen

MANN
Ich dich auch nicht

GRY
Du kommst sicher auch nicht
zu Gautes Beerdigung
Das weiß ich
jetzt schon

MUTTER
*Zum Mann*
Ich will dich nicht mehr sehen
nie wieder
*Geht beiseite und stellt sich vor einen Grabstein. Gry schaut unverwandt Mann und Frau an. Die Mutter dreht sich zum Mann um*
Du bringst mich um
Du bringst mich noch ins Grab

GRY

Sieh dir deine Mutter an
Was du ihr antust
Du bringst sie ins Grab
so wie du dich aufführst

FRAU

*Zieht den Mann am Arm*
Komm wir müssen gehen
Wir können hier nicht mehr bleiben
Wir müssen gehen

GRY

*Zur Frau*
Lass ihn in Ruhe
Was bildest du dir ein

FRAU

*Zu Gry*
Du sollst ihn in Ruhe lassen
nicht ich
du

GRY

Lass ihn in Ruhe
*Der Mann geht zu einem Grabstein, steht davor und schaut ihn an. Die Frau setzt sich auf die Bank, Gry geht hin und setzt sich neben sie. Pause. Zur Frau, vorsichtig*
Du
*Kurze Pause*
Du

FRAU

Ja

GRY

Ich bin dir nicht böse
*Der Mann geht langsam los, und während die beiden auf der Bank sitzen und miteinander reden, geht er ab*

MUTTER

*Dem Mann nach*
Du darfst nicht gehen
Ich habe es nicht so gemeint
Geh nicht
Du darfst nicht verschwinden
nicht du auch noch
*Langsam, mit gesenktem Kopf, geht sie dem Mann hinterher*

GRY

*Zur Frau*
Es ist nicht nur deine Schuld
Es ist einfach wie es ist

FRAU

Aber ich habe ihn doch geliebt

GRY

Ich auch

FRAU

Auch wenn ich nicht weiß was das bedeutet
ich habe ihn geliebt

GRY

Ich auch

FRAU

Und jetzt ist er weg
für immer weg

GRY

Jetzt ist er für immer weg
*Pause. Fragend*
Ganz plötzlich ist das passiert

FRAU

Ja

GRY

Einfach so gestorben
*Pause*

FRAU

Ja
*Pause*
Er stand auf
und dann ist er gestorben
*Pause*
Ich begreife nicht dass er tot ist
dass er für immer
fort ist

GRY

Ist einfach so
*Lange Pause*
*Pause*

FRAU

Aber seine Mutter
kommt ja

GRY

Ja
sie hat gesagt sie will kommen

FRAU

Lang her dass ich mit ihr geredet habe

GRY

Da kommt sie
*Mit gebeugtem Kopf kommt die Mutter über den Kiesweg, an derselben Stelle wie bei ihrem ersten Auftritt, sie trägt einen Blumenstrauß. Sie sieht Gry und die Frau auf der Bank und bleibt stehen*

MUTTER

Wir sollten wohl gehen
es ist Zeit
*Geht langsam ein Stück den Weg hinunter. Gry steht auf, geht zur Mutter und hakt sich bei ihr ein. Sie drehen sich um, bleiben stehen und schauen zur Frau, die Mutter streckt den Arm nach ihr aus. Die Frau steht auf, geht hin und nimmt die Mutter beim Arm, und Arm in Arm gehen die drei Frauen langsam ab*

(Vinter)

# WINTER

## Personen

DIE FRAU
DER MANN

## Ort

1. UND 3. AKT: LEERER RAUM. EINE BANK
2. UND 4. AKT: LEERER RAUM. EIN DOPPELBETT

I

*Dunkel. Licht an. Eine Parkbank. Ein Mann kommt von rechts, er trägt einen schwarzen Mantel, setzt sich ans äußerste linke Ende der Bank. Eine Frau kommt gleich nach ihm, sie ist dünn angezogen, auch sie setzt sich auf die Bank, ans entgegengesetzte Ende. Der Mann steht fast sofort auf, geht nach links*

DIE FRAU
*Dem Mann hinterher*
Du
Du
Du
*Der Mann geht weiter*
Du
Du da
Du
*Der Mann bleibt stehen, dreht sich zur Frau um*
Ja du
Was bildest du dir eigentlich ein verdammt
Einfach so weggehen
ja
ja ich rede mit dir
verstehst du nicht
Ich rede mit dir
Ja tu ich
Mit wem denn sonst
Verdammt ich rede mit dir
aber du
was machst du
ja du
*Steht auf, fällt beinahe hin*
ja du
du gehst einfach so weiter verdammt
als würde ich nicht mit dir reden
aber ich rede mit dir
Das hörst du doch
Oder ist hier

*Schaut sich um*
sonst noch wer
vielleicht denkst du das
ja dass da noch wer ist
ja dass ich
*Bricht ab*
Verstehst du
Oder verstehst du nicht
Verstehst du nichts
oder
Nichts
*Ziemlich laut*
Ich rede mit dir
Und du gehst einfach weg
was zum Teufel
du
ja
*Ziemlich leise*
ja du
du
was machst du hier
*Aufrichtig*
warum bist du hier
Gibt es einen Grund dafür
*Lacht in sich hinein*
ja natürlich
ja
*Bricht ab*
Ja also
Ja natürlich
Du hast bestimmt einen Grund
das verstehe ich schon
ja
ja natürlich
Ich verstehe das
Ich verstehe schon dass du einen Grund hast
Ich verstehe ja alles
Ich verstehe

alles verstehe ich
ich verstehe
ich verstehe
alles verstehe ich
*Unvermittelt ziemlich laut*
Du
Ja du
*Der Mann dreht sich um, scheint fortgehen zu wollen*
Ja du
Du
Du
Du
Du
ich rede mit dir
hörst du nicht
Ja
*Jede Silbe betonend*
Ich rede mit dir
*Fast bettelnd*
Hörst du
*Wütend*
Ich rede mit dir
Jetzt hör schon
verdammt noch mal
Nichts
Warum hörst du nicht zu verdammt
Ich rede
*Kurze Pause*
mit dir
Mit dir

DER MANN

*Sieht sie an*
Ja

DIE FRAU

Ich rede mit dir
und was sagst du

du sagst einfach nur ja
ja
ja
ja
ja verdammte Scheiße
*Der Mann dreht sich um, will gehen*
Nein geh nicht
Rede ein bisschen mit mir
geh nicht einfach
Du darfst nicht einfach gehen
*Sieht ihn an, steht auf, geht ein paar Schritte auf ihn zu*
Siehst du nicht
Siehst du denn gar nichts
Verstehst du nicht
Du musst doch irgendwas begreifen
was
Nicht wahr
Oder begreifst du nichts
*Wütend*
Nichts
Überhaupt nichts

DER MANN
Nein nein

DIE FRAU
Nein
Ich verstehe das
Ich verstehe dass du nichts begreifst
Du bist wohl so
Du bist genauso wie die anderen
Du begreifst einfach nichts
gar nichts
*Pause*
*Sie sieht ihn an. Kindlich*
Nicht wahr
Nicht wahr du begreifst nichts
gar nichts

*Pause*
So ist das wohl
*Kurze Pause*
ja dass du nichts begreifst
überhaupt nichts

DER MANN
Ja
so ist das
wohl

DIE FRAU
So ist das also

DER MANN
Ja so ist das

DIE FRAU
Hm
*Pause*

DER MANN
Was soll ich denn begreifen

DIE FRAU
Begreifst du denn nicht
Du
ja
siehst du nicht
Du
siehst du nicht
*Sie fuchtelt mit den Armen und stürzt beinahe hin*
Siehst du nicht
Ich bin hier
deine Frau
deine Frau
deine Frau ist hier
siehst du nicht

DER MANN

Brauchst du Hilfe
*Die Frau nickt*
Was soll ich tun

DIE FRAU

Du sollst ein bisschen mit mir reden
*Deutet auf die Bank, geht näher auf ihn zu*
Willst du nicht mit mir reden
Ich bin hier
Ich kann mit dir reden
Du willst doch bestimmt ein bisschen mit mir reden
willst du doch oder

DER MANN

Kann ich schon

DIE FRAU

Sag was
los
sag was

DER MANN

Was sagen

DIE FRAU

Ja
*Pause*
*Sieht ihn an*
Kannst du nicht was sagen
*Kurze Pause*
oder vielleicht
vielleicht
*Unvermittelt*
Sollen wir wohin gehen

DER MANN

Du und ich

*Die Frau nickt*
*Pause*
Wie meinst du das

DIE FRAU
Wohin gehen
du und ich
hab ich doch gesagt
können wir nicht wohin gehen
*Sie geht zu ihm, lehnt sich an ihn, er steht starr da, tut nichts, sie drückt sich an ihn, dann tritt sie einen Schritt zurück und sieht ihn an*
Deine Frau
ich
weißt du
nicht wahr
*Sie streckt die Hand nach ihm aus, der Mann berührt leicht ihre Fingerspitzen, sie sehen einander an*
Nicht wahr
nicht wahr ich bin deine Frau
*Sie lassen ihre Hände los*
*Pause*
Oder
*Kurze Pause*
ich bin nicht deine Frau nein
Ich kenne dich ja gar nicht
Doch
Doch ich kenne dich
Ich kenne dich schon immer
Ich weiß das
Ich sehe das
Ich verstehe
Ich sehe genau was ist
das sehe ich
Und du weißt es auch
Du weißt dass ich deine Frau bin
nicht wahr
du weißt es

nicht wahr
Ich bin deine Frau
ich
nicht wahr

DER MANN
*Als würde er nicht verstehen*
Du bist meine Frau

DIE FRAU
Ja
das verstehst du doch
tust du doch oder

DER MANN
Nein
*Kurze Pause*
aber
*Lange Pause*
Nein du
du
ja
ja ich muss gehen
*Schaut auf die Uhr*
Ich habe keine Zeit
müsste eigentlich
ja

DIE FRAU
Was müsstest du

DER MANN
Zur Arbeit
eigentlich

DIE FRAU
Zur Arbeit

DER MANN
Ja

DIE FRAU
Was für eine Arbeit

DER MANN
Nur ein Termin

DIE FRAU
Ein Termin

DER MANN
Ja

DIE FRAU
Du bist mit jemandem verabredet

DER MANN
Ja
*Kurze Pause*
und ich muss mich beeilen
Ich hab keine Zeit mehr

DIE FRAU
Verstehe schon

DER MANN
Ja
*Wendet sich zum Gehen*

DIE FRAU
Du hast also einen Termin
oder so was

DER MANN
Ja

DIE FRAU
Bist mit wem verabredet

DER MANN
Ja

DIE FRAU
Hier
nicht weit von hier

DER MANN
Ja

DIE FRAU
In einem Büro

DER MANN
Ja

DIE FRAU
Ich kann Büros nicht leiden

DER MANN
Ich auch nicht
aber
ja

DIE FRAU
Aber du gehst in ein Büro

DER MANN
Ja

DIE FRAU
Du musst

DER MANN
Ja

DIE FRAU

Schon schade
was

DER MANN

*Zögert*
Nein
*Pause*
Du
ja
ja
ja ich muss jetzt wohl gehen

DIE FRAU

Ein Termin
*Kurze Pause*
*Schaut ihn unvermittelt an*
Dann geh schon
los
Was wartest du noch
Du musst gehen
Also geh auch
Hörst du nicht was ich sage
Du musst gehen

DER MANN

Ja

DIE FRAU

Ja dann geh doch endlich
los
geh
verschwinde
was wartest du noch
*Kurze Pause*
Oder begreifst du nichts
du
du

mein Freund
begreifst du nichts
mein Freund
überhaupt nichts
*Kurze Pause*
Dann geh schon
los
geh schon verdammt noch mal
Hau ab du Mistkerl

DER MANN
Ja ich gehe ja schon
Ich hab's doch gesagt
*Die Frau geht etwas näher auf ihn zu, sieht ihn an, und der Mann dreht sich um und geht, sie steht da und schaut ihm nach, dann dreht sie sich um, stolpert, stürzt, fällt aber nicht ganz hin, sondern hält sich auf Knien, auf beide Hände gestützt, der Mann bleibt stehen, dreht sich um, sieht, wie sie versucht, wieder hochzukommen*

DIE FRAU
*Für sich*
Nein Mist verdammter
verfluchte Scheiße
und
Mist
*Schafft es nicht, wieder hochzukommen*
Verdammt
und
verdammte Scheiße
Mist
Mist verdammter
*Der Mann geht auf sie zu, sie sieht ihn*
Was willst du denn hier
Häh
Verpiss dich
du Sack
Darf ich etwa nicht umkippen

Ich komm schon klar
*Sie versucht, wieder hochzukommen, schafft es aber nicht*
Verdammter Mist
*Zum Mann*
Hau schon endlich ab
Verpiss dich
Hau ab
Ich will dich nicht mehr sehen
Hau ab
mach dass du wegkommst
Mistkerl
du Sack
Ich will dich nicht mehr sehen
*Der Mann fasst sie an*
Lass mich los
Was willst du verdammt noch mal
Lass mich los verfluchte Scheiße
he
Was fällt dir ein
*Der Mann hebt sie hoch, sie steht etwas unsicher da,*
*dann sieht sie ihn an*
Ach du bist das
das bist ja du
mein Freund
du bist doch weggegangen
bist du doch
aber jetzt
*Pause*
jetzt bist du wieder hier
Bist zu deiner Frau zurückgekommen
was
hm
auf einmal bist du wieder da
was
bei deiner Frau

DER MANN
Aber jetzt muss ich gehen
wenn ich noch rechtzeitig

DIE FRAU
*Unterbricht ihn*
Kann ich denn nicht

DER MANN
Was meinst du

DIE FRAU
Nein nichts

DER MANN
Was meinst du

DIE FRAU
Nichts
na ja
ich könnte doch

DER MANN
Ich muss jetzt
du verstehst

DIE FRAU
Wo wohnst du

DER MANN
Im Hotel

DIE FRAU
Aber du
weil
ich kann da warten
Ja ich muss doch
du bist doch mein Freund
ich bin ja deine Frau
ich
weißt du
nicht wahr

deine Frau
kennst doch
*Bricht ab*

DER MANN
Im Hotel

DIE FRAU
Kann ich doch

DER MANN
Nein aber
*Kurze Pause*
aber du
ja
ja
ja
ja ich muss jetzt aber
*Schaut auf die Uhr*
Ich muss
ja der Termin

DIE FRAU
Du darfst mich nicht verlassen
Nicht jetzt
ja
kannst nicht einfach gehen
deine Frau verlassen

DER MANN
Nein nein
Aber
*Bricht ab*

DIE FRAU
Ich kann im Hotel warten
in deinem Zimmer
solange du

ja
*Bricht ab*
und dann
ja ich kann mich waschen
was anderes anziehen
all so was
auf dich warten
als deine Frau
ich bin ja deine Frau
ich
das weißt du doch
was
oder
weißt das
ja
ja
ja oder

DER MANN
Du bist nicht meine Frau
also
*Streckt die Hand vor, zeigt seinen Ehering*
Siehst du

DIE FRAU
Aber du gehörst zu mir
das weißt du doch

DER MANN
Ja ja

DIE FRAU
Ich bin doch deine Frau

DER MANN
Aber jetzt muss ich gehen

DIE FRAU

Ja wir gehen
gut
*Nimmt seinen Arm und lehnt sich an ihn, und sie gehen langsam, beinahe Schritt für Schritt, nach links. Sie bleibt stehen, lässt seinen Arm los, tritt einen Schritt zurück*
Du
Du mein Freund
Jetzt werden wir
nicht wahr
ist schön
ich
sehr sehr schön
nicht wahr
sehr schön
Jetzt

DER MANN

Jetzt komm

DIE FRAU

Ja
jetzt

DER MANN

Ja

DIE FRAU

*Streckt ihm die Hand hin, der Mann nimmt sie, sie tritt zu ihm und hakt sich bei ihm unter, sie steht neben ihm*
Als ob wir heiraten würden
was

DER MANN

Nein
Nein red keinen Unsinn
jetzt

DIE FRAU

Das
Das stimmt
Wirklich

DER MANN

Nein red jetzt keinen Unsinn
*Sie gehen langsam nach links ab. Licht weg. Dunkel*

## II

*Dunkel. Licht an. Ein Doppelbett. Die Frau liegt angezogen auf dem Bett, sie setzt sich auf die Bettkante, sie steht auf, sie geht etwas unsicher auf und ab*

DIE FRAU

Bäh
wirklich
Bäh
Alte Fotze
Du alte Nuttenfotze
Bäh
Und dann
*Sie fährt sich mit den Fingern durchs Haar, zieht sich leicht an den Haaren*
Widerlich
*Ordnet ihre Kleidung*
Er ist ja
pfui Teufel
Schwanzlutschen
Schwanzlutschen bäh
Schwanzlutschen
Scheißfotze Schwanzlutschen
Schwanz
Schwanz
Schwanzlutschen bäh

und dann schlafen
schlafen
Schwanzlutschen und schlafen
*Setzt sich wieder auf die Bettkante*
Scheißnutte
das
Und so müde
so müde
*Kurze Pause*
Und jetzt muss ich
sauber werden und
dann schlafen
tief schlafen
in seinem Bett
und nichts mehr
still schlafen
ruhig werden
und nichts mehr
nur still schlafen
*Legt sich aufs Bett*
Ruhig schlafen
ganz ruhig
in einem Bett
in einem kleinen Zimmer
in einem Bett
ruhig schlafen
jetzt
tief schlafen
in seinem Bett
ruhig schlafen jetzt
*Schließt die Augen, und der Mann kommt von links, bleibt stehen, als er sie im Bett liegen sieht, kommt vorsichtig näher. Er hat zwei Plastiktüten in den Händen.*
*Er steht da und schaut sie an, und sie schlägt die Augen auf*
Na so was
Nein pfui Teufel

DER MANN

Ich bin’s doch
bloß
was

DIE FRAU

*Nickt*
Hmhm
*Pause*

DER MANN

Du erkennst mich
was
oder

DIE FRAU

*Zögert*
Doch
*Setzt sich im Bett auf*
Doch
ja
Ja ja
Ja
Aber äh

DER MANN

Aber
ja du weißt noch
oder
Ja dass
Ich hab gedacht

DIE FRAU

Ja
*Lächelt ihn an*
Aber das ist
ja
und dann

DER MANN
Jetzt weißt du wieder
nicht wahr

DIE FRAU
Ja
ja ja

DER MANN
Ja
ich bin's bloß
und

DIE FRAU
Ja
sehe ich
dass du das bist
ja
also
Aber

DER MANN
Du weißt es nicht mehr
erkennst mich nicht

DIE FRAU
Doch
Hm
Ich
*Bricht ab*

DER MANN
Ja wir haben uns getroffen
und dann
ja

DIE FRAU
Ja wir

*Bricht ab*
*Pause*
Du und ich
*Bricht ab*
*Pause*

DER MANN
Erinnerst du dich gar nicht mehr

DIE FRAU
Doch
doch
ja
Ja jetzt ja
Doch
doch klar erinnere ich mich
Du und ich
da unten
da bei
ja auf der Straße
du
*Kurze Pause*
Ja tut mir Leid
ja dass ich mich an dich rangehängt habe
so
und dass ich
*Bricht ab*

DER MANN
Macht nichts
*Pause*
War schon in Ordnung
*Lacht kurz*

DIE FRAU
Schön
ja dass das nicht
*Bricht ab*
*Pause*

DER MANN
Aber du

DIE FRAU
*Schaut ihn an*
Ja

DER MANN
Du ich
*Hebt die eine Plastiktüte hoch*
ja ich
du verstehst
ja
deine Kleider waren nass
und schmutzig
ja du bist hingefallen
da habe ich
ja

DIE FRAU
Du hast mir was Neues gekauft

DER MANN
Ja
*Schaut verlegen zu Boden*

DIE FRAU
Aber du
ja das hättest du nicht gebraucht

DER MANN
Doch

DIE FRAU
Du hättest nicht
*Bricht ab*
*Pause*
Aber das ist nett

*Steht auf, geht ein wenig umher, ist aber etwas unsicher auf den Beinen, und sie setzt sich wieder auf die Bettkante*

DER MANN
Ja ich habe eingekauft
ja was zum Anziehen
für dich
Und was zu trinken
ein bisschen was zu essen
ja
Und

DIE FRAU
Aber du
*Bricht ab*

DER MANN
Ja ich habe gedacht
*Bricht ab*

DIE FRAU
Lieb von dir
*Kurze Pause*
aber vielleicht
ja ich sollte vielleicht
ich
ja

DER MANN
*Reicht ihr die eine Plastiktüte*
Ja hier
bitte
ja

DIE FRAU
*Nimmt die Tüte, nimmt einen Pullover heraus, legt ihn sich auf den Schoß*
Ja danke

du hättest nicht
das ist ja
*Nimmt eine Hose heraus*
wäre nicht nötig gewesen

DER MANN
Doch

DIE FRAU
Nett von dir
*Legt die Hose aufs Bett, nimmt einen schwarzen Mantel aus der Tasche*
Aber du hättest doch nicht
Das ist
ja das ist zu viel
Du hättest nicht
*Bricht ab*

DER MANN
Musste ich doch
Du hast geschlafen

DIE FRAU
*Nickt*
Bisschen
*Pause*

DER MANN
Etwas besser
jetzt
was

DIE FRAU
Ja
das
*Bricht ab*
Ja das
*Kurze Pause*
Aber du

DER MANN

Ja

DIE FRAU

Nein
nichts
*Pause*
Aber du
*Als würde ihr etwas einfallen*
ja
ja das Telefon hat geläutet
vor einer Weile
ja vorhin
ja
eine Frau
ja sie hat nach dir gefragt
hat gesagt
ja
ja dass sie Marte heißt
oder so

DER MANN

*Etwas überrascht*
Sie hat angerufen

DIE FRAU

Ja

DER MANN

Und du
*Bricht ab*

DIE FRAU

Ja
ja und sie hat nach dir gefragt
*Kurze Pause*
Aber
ja

ja danke für
*Schaut zum Mantel, dann zu ihm*
ja du hättest nicht
wäre ja nicht nötig gewesen

DER MANN
Du konntest doch nicht
*Bricht ab*

DIE FRAU
*Spricht für ihn weiter*
so herumlaufen

DER MANN
Nein
Musste ja
*Bricht ab*
*Lange Pause*
*Die Frau schaut auf die Kleider, während er starr dasteht*
Aber
Ja

DIE FRAU
*Schaut ihn an*
Ich sollte vielleicht
*Bricht ab*
Aber du
ja vielleicht sollte ich
Ich kann ja nicht

DER MANN
Hast du Lust auf
was zu trinken
*Hebt die andere Tüte an*
Hab bisschen was gekauft

DIE FRAU
Aber

Ja ich sollte wohl
*Bricht ab*

DER MANN
Dir ist jetzt besser

DIE FRAU
*Lächelt*
Ja

DER MANN
Schön
*Pause*

DIE FRAU
Nett von dir
oh
ja
*Nimmt den Pullover hoch, schaut ihn an*
aber du hättest nicht
ja
du hattest doch
hattest einen Termin
eine Besprechung
oder so
in einem Büro
oder so
oder
*Der Mann nickt*
ist es gut gelaufen

DER MANN
*Lacht*
Ich war zu spät
*Lacht*
Viel zu spät
und es
*Bricht ab*
Ja

DIE FRAU
Und ich bin schuld
ja
natürlich
ja

DER MANN
Mach dir keine Sorgen
wirklich
*Bricht ab*

DIE FRAU
Nein
*Pause*

DER MANN
Du frierst nicht mehr

DIE FRAU
Nein

DER MANN
Geht dir besser

DIE FRAU
Ja
Du bist einfach nicht

DER MANN
Der Termin
Nein
*Pause*
Hatte irgendwie keinen Sinn

DIE FRAU
Nein

DER MANN

Alles Quatsch

DIE FRAU

Ja

*Pause*

DER MANN

War wichtiger

*Bricht ab*

Ja

*Pause*

DIE FRAU

Aber du

DER MANN

Ja

DIE FRAU

Ja das war nett von dir

Ich meine

Ja die Sachen

DER MANN

Nicht der Rede

*Bricht ab*

*Schaut verlegen zu Boden*

DIE FRAU

Ich

*Schaut ihn an*

Ja komm her

DER MANN

Ich

DIE FRAU

Ja
*Kurze Pause*
ja
hierher
setz dich ein bisschen
ja neben mich

DER MANN

*Bleibt stehen*
Ja

DIE FRAU

Ja
komm schon

DER MANN

Aber ich

DIE FRAU

Nein
komm schon

DER MANN

Ich muss
zum nächsten Termin
oder so

DIE FRAU

Du warst zu spät

DER MANN

Ja
oder
ich
ja ich bin nicht hin
*Lacht kurz*
ja

oder
ja ich war zu spät
und dann
ja

DIE FRAU

*Streckt ihm den Arm hin*
Komm jetzt
komm zu deiner Frau
du
du Schlaufuchs
*Sie lächelt ihm zu, und er bleibt stehen*
Was
komm schon
was
*Sie versucht aufzustehen, ist aber immer noch unsicher auf den Beinen, also setzt sie sich wieder hin, und der Mann geht zum Bett und setzt sich neben sie. Sie schaut ihn an*
Aber du
da war ja was
ja die Frau an der Rezeption
als wir gekommen sind

DER MANN

Ja
ja die

DIE FRAU

Die war doch schlimm

DER MANN

Ja ich hatte ja ein Einzelzimmer gebucht

DIE FRAU

*Unterbricht ihn, legt ihm eine Hand aufs Bein*
Ja ja
Aber du
ja

DER MANN
Ist schon in Ordnung
ja
alles geklärt

DIE FRAU
Ja du hast
Ja wir haben ein anderes Zimmer gekriegt
ein Doppelzimmer

DER MANN
Ja
ja ich hab gesagt ja ich hab ja sagen müssen
dass
ja
ja dass ich dich kenne
dass du meine Schwester bist
habe ich gesagt
*Lacht*
ja das habe ich gesagt
Dass du meine Schwester bist
Und da
Da haben wir

DIE FRAU
Da haben wir dieses Zimmer gekriegt
ja

DER MANN
Ja
Ja ich habe gesagt

DIE FRAU
Ja dass du dich um mich kümmern musst
ja

DER MANN
Ja in der Art
*Pause*

DIE FRAU
Und das hat ja auch gestimmt

DER MANN
So war das
ja
*Pause*

DIE FRAU
Und dieser Termin
diese Besprechung
wegen der
bist du hergekommen
ja hier in die Stadt
meine ich
so war das doch
so war das oder

DER MANN
Ja schon
ja
*Lacht*
Ich versuch
ja ich versuch einen neuen Termin zu machen
oder so

DIE FRAU
Aber du die
ja die da
die an der Rezeption
ja verdammt
*Zieht ihre Hand zurück*

DER MANN
Die

DIE FRAU
Ja die
die an der Rezeption

DER MANN

Ja

DIE FRAU

Ja verdammt
so eine
ja eine
ja

DER MANN

Ja

DIE FRAU

Ja so eine verdammte Fotze
hast du die gesehen
ja
ja
pfui Spinne
Fotze
Nutte das
macht so auf vornehm
und so
ja

DER MANN

Ich weiß nicht
ich

DIE FRAU

Hast du das nicht gesehen
Ich hab es gesehen
Ich sehe so was
Jeder sieht so was

DER MANN

*Zögert*
Nein

DIE FRAU

Können alle sehen
*Kurze Pause*
Eine billige Scheißnutte
aber von wegen
ja macht so auf
ja
so auf vornehm
und so
nein zum Kotzen
und dass ich nicht

DER MANN

*Unterbricht sie*
Ja ich hatte ja
*Bricht ab*

DIE FRAU

Ja du hattest reserviert
ja
ein Einzelzimmer
ja ich weiß
hast du ja gesagt
hast das gesagt
*Kurze Pause*
aber dass die nicht
*Bricht ab*
*Pause*

DER MANN

Hat doch geklappt
dann
*Pause. Die Frau sitzt da, in Gedanken versunken*
Ja
ich habe bisschen was gekauft
ja
ja bisschen was zu trinken
*Hebt die Tüte etwas an*
bisschen was zu essen

DIE FRAU

Ja

DER MANN

Willst du nichts trinken

DIE FRAU

*Legt Pullover und Mantel aufs Bett, steht auf, geht ein paar Schritte vom Bett weg*

Willst du zusehen

*Zieht sich langsam die Hose aus*

DER MANN

Du ziehst dich um

DIE FRAU

Ich kenne dich
also macht das nichts
Oder
Ich bin ja deine Frau
oder

DER MANN

Das sagst du
Aber

DIE FRAU

Deine Frau
ich
*Zieht die Hose aus, lässt sie am Boden liegen*
Und ich bin hübscher
hübscher als
die da unten
*Posiert ein bisschen*
Ja
Ja klar findest du das
Das sehe ich dir an
was

dass du mich hübsch findest
ich bin ja deine Frau
ich
weißt du
nicht wahr

DER MANN
Ja
*Nimmt die Hose vom Bett, hält sie ihr hin*

DIE FRAU
Kann bisschen warten
was
eilt ja nicht
*Will sich die Unterhose herunterziehen, hält aber inne*
Oder vielleicht
*Sieht ihn an*
vielleicht
findest du mich hässlich
nicht hübsch
nur hässlich
findest du
deine Frau hässlich

DER MANN
Aber du
ja vielleicht

DIE FRAU
Was meinst du

DER MANN
Nein
nichts

DIE FRAU
Immer nichts

DER MANN
Nein

DIE FRAU
Ja du hast mir was gekauft
*Zieht den Pullover, den sie bislang anhatte, über den Kopf und lässt ihn auf den Boden fallen. Sieht den Mann an*
Und du
du Schlaufuchs
kaufst mir was
zum Anziehen
und so

DER MANN
Ja

DIE FRAU
Schlaufuchs
*Geht zum Bett und setzt sich neben ihn auf die Bettkante, der Mann gibt ihr die Hose, sie nimmt sie und legt sie sich auf den Schoß*

DER MANN
Sie hat also angerufen

DIE FRAU
Ja
da hat eine angerufen

DER MANN
Wie hat sie sich angehört
also die Stimme

DIE FRAU
Nein
sie hat nur so gefragt
ja nach dir
was

DER MANN

Ja
*Pause*
Sie hat nichts gesagt

DIE FRAU

Nein
*Pause*

DER MANN

Nichts

DIE FRAU

Sie hat
Ja
ja übrigens
ja sie
ich glaube sie hat zweimal angerufen
ja hat sie
ja stimmt
*Steht wieder auf, geht ein paar Schritte, stellt sich hin, wie posierend*
Aber sieh mich an
Bin ich nicht hübsch
du
oder

DER MANN

Ja

DIE FRAU

Sehr hübsch
was

DER MANN

Ja

DIE FRAU
Hübsch hübsch
Deine Frau ist hübsch
was

DER MANN
Doch
doch klar

DIE FRAU
Was
Und hübsch
was

DER MANN
Ja hübsch

DIE FRAU
Findest du
*Der Mann nickt*
Sehr hübsch
was
was keine ist hübscher als ich

DER MANN
Ja

DIE FRAU
Gar nicht übel
bin ich

DER MANN
Siehst gut aus

DIE FRAU
Aber du
ja
ja du bist wohl verheiratet oder so

*Der Mann nickt*
Hast Kinder
*Der Mann nickt wieder*
Viele

DER MANN
Zwei

DIE FRAU
Und deine Frau
*Kurze Pause*
du bist verheiratet
ja natürlich

DER MANN
Und du

DIE FRAU
So was von verheiratet

DER MANN
Ja

DIE FRAU
Immer verheiratet

DER MANN
Sicher

DIE FRAU
Ja das kann man wohl sagen

DER MANN
Du brauchst nicht
*Bricht ab*

DIE FRAU
Aber du
ja die da angerufen hat

DER MANN

Das war bestimmt meine Frau
*Pause*

DIE FRAU

Was mit M
glaube ich

DER MANN

Marte

DIE FRAU

Ja genau
so was
*Lässt die Hose auf den Boden fallen, geht zum Mann, setzt sich ihm auf den Schoß, legt ihm den Arm um die Schultern, küsst ihn auf die Wange, er sitzt etwas verlegen da, weiß nicht ganz, wohin mit sich, wohin mit seinen Händen, dann legt er einen Arm um sie, und sie lehnt den Kopf an seine Schulter, so sitzen sie eine Zeit lang da, er legt sich auf den Rücken, und sie sitzt rittlings auf ihm*
Du
ja du
ja

DER MANN

Ja

DIE FRAU

Ja du
es ist
ja als würde ich dich schon
so lange kennen
im Ernst
das ist kein Quatsch
das ist so
irgendwie
als würde ich dich
schon immer kennen

seltsam
was
*Kurze Pause*
Geht es dir auch so
*Der Mann nickt*
Kennst mich schon seit immer
irgendwie
*Lächelt ihm zu*
Und ich bin deine Frau
ich
was
Das verstehst du
dass ich deine Frau bin
Ja
*Der Mann nickt*
Du verstehst
*Pause*
Fast bisschen peinlich
was
*Sie steht auf, geht ein paar Schritte, hebt die neue Hose auf*
Aber was willst du mit der Sache da machen
mit diesem Termin
oder was das jetzt war

DER MANN
Ich weiß nicht
*Kurze Pause*
mir eine Entschuldigung ausdenken
oder so
einen neuen vereinbaren
vielleicht

DIE FRAU
*Zieht die Hose an, sie ist ihr zu groß, dann geht sie zum Bett und nimmt den Pullover, zieht den Pullover an, er ist ihr zu klein. Sie stellt sich hin, sieht den Mann an*
Nicht schlecht
was

DER MANN

Passt zwar nicht ganz
aber
doch ganz gut
in Ordnung
na ja
*Kurze Pause*
Ich hab ja nicht gewusst

DIE FRAU

*Posiert ein bisschen*
Ich bin hübsch
jetzt
was
*Lächelt dem Mann zu, schiebt die Brust raus,*
*das Telefon klingelt, er reagiert nicht*
Du musst drangehen
*Das Telefon klingelt weiter*
Du musst doch drangehen
verstehst du nicht
musst du

DER MANN

*Zögert*
Nein

DIE FRAU

Soll ich

DER MANN

Nein
nicht

DIE FRAU

Soll es einfach klingeln
*Das Telefon verstummt*
Du willst nicht drangehen
warum

musst doch drangehen
was

DER MANN
Ja

DIE FRAU
Kannst es doch nicht einfach klingeln lassen
was

DER MANN
Nein
aber
*Pause*
*Nimmt eine Flasche Cola und eine Packung Kekse aus der Tüte*
Willst du bisschen
*Legt die Kekse aufs Bett, schraubt die Flasche auf, hält sie ihr hin, die Frau nimmt die Flasche und trinkt. Er reißt die Kekspackung auf, hält sie ihr hin*

DIE FRAU
*Schüttelt den Kopf*
Keine Lust

DER MANN
*Legt die Kekse zurück aufs Bett*
Du hast keinen Hunger

DIE FRAU
Nein
*Kurze Pause*
Aber du

DER MANN
Ja

DIE FRAU

Ja ich glaube ich muss gehen
also
ja
*Gibt ihm die Flasche, der Mann nimmt sie*

DER MANN

Du musst gehen

DIE FRAU

Ich glaube
Ich
ja
ja ich muss wohl gehen
aber

DER MANN

Ja

DIE FRAU

Aber vielleicht

DER MANN

Du willst nicht
*Bricht ab*
ja
sollen wir
*Bricht ab*

DIE FRAU

Ich glaub ich muss gehen
*Der Mann nickt, schraubt die Flasche zu,*
*stellt sie auf den Boden*
Aber du
wir können ja
ich kann dich anrufen
hier im Hotel
oder wir können uns treffen

später
heute Abend irgendwann
können wir doch
oder
*Der Mann nickt*
du
was
was mein Freund
und danke für
ja
wir treffen uns dann später heute
was

DER MANN
Draußen ist eine Bar
vielleicht da

DIE FRAU
*Ängstlich*
Ja gut da
Hmhm

DER MANN
Heute Abend

DIE FRAU
Ja
können wir
*Der Mann nickt*
Also wir sehen uns dann
dort
ja
was
*Der Mann steht auf, steht starr da, und dann geht er hin und umarmt sie, drückt sie an sich, und während sie so dastehen, klingelt das Telefon mehrmals, sie stehen ganz still, dann geht die Frau nach links, bleibt stehen, dreht sich um, und er nimmt den Mantel, geht zu ihr hin, gibt ihn ihr, sie zieht ihn*

*an, und er ist ihr ziemlich lang, und dann hebt sie die Hand und winkt kurz, sie geht nach links ab. Der Mann geht zum Bett, setzt sich auf die Bettkante, zieht die Bettdecke über sich, das Telefon klingelt nochmals. Licht weg. Dunkel*

## III

*Dunkel. Licht an. Die Frau kommt von rechts, sie trägt den schwarzen Mantel, dazu Schuhe mit hohen Pfennigabsätzen. Sie bleibt stehen, verlagert das Gewicht auf einen Fuß. Der Mann kommt von links, bleibt stehen, sieht sie an, geht zur Bank und setzt sich darauf, schaut vor sich hin. Die Frau bleibt zunächst stehen, dann geht sie nach links weiter, sie sehen einander an, aber sie scheint an ihm vorbeigehen zu wollen, als würde sie ihn nicht kennen*

DER MANN

*Ihr hinterher*
Du kannst doch nicht einfach so weitergehen
Ich habe auf dich gewartet
Dich gesucht
war in der Bar
aber du nicht
bist nicht gekommen
wir wollten doch
waren doch
aber du bist nicht gekommen
Du

DIE FRAU

*Bleibt stehen, sieht ihn an, etwas überrascht*
Du bist das

DER MANN

Hast du mich nicht wieder erkannt

DIE FRAU
*Etwas verlegen*
Doch
habe ich schon

DER MANN
Wir waren verabredet
ja in der Bar
wollten doch

DIE FRAU
Ja schon
vielleicht

DER MANN
Ja verabredet

DIE FRAU
Ja
*Pause*
Aber

DER MANN
Ich bin da gewesen
mehrmals
hab auf dich gewartet
hab dich gesucht
Aber du warst nicht da
Ein paar Abende
bin ich da gewesen

DIE FRAU
Ja

DER MANN
Du kannst nicht
*Bricht ab*

DIE FRAU
Ich bin aber
da gewesen

DER MANN
Bist du nicht
Ich habe nach dir gefragt
du
*Kurze Pause*
aber vielleicht
ja
*Kurze Pause*
Aber nett dich wieder zu sehen

DIE FRAU
*Unbehaglich*
Ja kommt unerwartet
*Pause*

DER MANN
Du
kannst du dich nicht hinsetzen
hier bisschen zu mir
kannst du nicht

DIE FRAU
Kann ich gern

DER MANN
Ja
ja das ist nett
dass du endlich da bist
meine ich
warst einfach so verschwunden
irgendwie

DIE FRAU
*Setzt sich hin*

Ja ich muss dir danken
dafür dass du
neulich
also danke ja
Du verstehst
*Lacht kurz*
ich
ja das kommt nicht
so oft vor
zum Glück
weil
Aber
Ja du verstehst

DER MANN
Nichts zu danken
nein

DIE FRAU
Ja dass du
*Lacht verlegen*
ab und zu kommt das ja vor
ja du verstehst
Und wie du siehst
*Hebt den Arm, um zu zeigen, dass sie den Mantel trägt*
aber selten
zum Glück

DER MANN
Nein
Nicht der Rede wert
*Pause*

DIE FRAU
Nein
*Pause*
Und dir geht es gut

DER MANN

Doch ja
*Pause*
Und dir

DIE FRAU

Danke

DER MANN

Aber ich habe dich gesucht
Ich habe
*Kurze Pause*
ja ich bin in die Bar gegangen
und hierher
ja zur Bank
hier
ganz oft
ja
habe ich hier gesessen und auf dich gewartet

DIE FRAU

Du hast

DER MANN

Ja

DIE FRAU

Du hättest dich
*Bricht ab*

DER MANN

Nein
aber

DIE FRAU

Du hast mich gesucht

DER MANN
Oft

DIE FRAU
Du bist oft hier gewesen
ja hier
hast hier gesessen
meine ich
*Der Mann nickt*
Aber du
ja
ja du
Ja du warst doch nur für kurz in der Stadt
ja
war das nicht wegen
*Bricht ab*

DER MANN
*Nickt*
Ja schon

DIE FRAU
Ja war so
ja
*Kurze Pause*
Und du wolltest

DER MANN
Ja wegen dem Job
ein Termin

DIE FRAU
Ja
ja diese Besprechung
lief die gut

DER MANN
*Zögert*
Ja

DIE FRAU
Schön

DER MANN
Oder
ja
ja es hat keine Besprechung gegeben
*Lacht kurz*
*Pause*

DIE FRAU
Hat keine gegeben
aha
ach so

DER MANN
Nein

DIE FRAU
Warum

DER MANN
Nein
*Pause*

DIE FRAU
Aber das ist
das ist ein paar Tage her
was
mindestens

DER MANN
Ja
*Pause*

DIE FRAU
Du musst bald nach Hause
du hattest doch
*Bricht ab*

DER MANN
Vielleicht

DIE FRAU
Bleibst du noch länger hier

DER MANN
*Zögert*
Nein
das nicht
nein
*Pause*

DIE FRAU
Und die da angerufen hat
ja die
*Bricht ab*

DER MANN
Ja

DIE FRAU
Ich glaube sogar mehrmals
glaube ich
jedenfalls
sie

DER MANN
Hat sie bestimmt

DIE FRAU
Hat nach dir gefragt
ob du zurück warst
oder was los war

DER MANN
Sicher
*Pause*

DIE FRAU

Und dann hat sie noch mal angerufen
oder
war
ja deine Frau
oder

DER MANN

Ja
*Lacht kurz*
au weia
ja

DIE FRAU

*Lacht etwas gezwungen*
Und jetzt gehst du ans Telefon ran
inzwischen wieder
Ich weiß noch
*Bricht ab*

DER MANN

Ja jetzt gehe ich ran
*Pause*

DIE FRAU

Und

DER MANN

Ja
ja und da
als ich drangegangen bin
ja sie hat gesagt dass sie angerufen hatte
*Lacht kurz*
und dann hätte
ja eine Dame
hat sie gesagt
eine Dame
wäre vorher dran gewesen

und dann hätte sie noch mal angerufen
sie dachte sie hat sich verwählt
und dann hättest du noch mal abgenommen
und sie hätte nach mir gefragt
und du hättest gesagt ja
er
ja er
er ist unterwegs
oder so
*Lacht*
und dann

DIE FRAU
Ja dann

DER MANN
Ja

DIE FRAU
Ja das
*Bricht ab*

DER MANN
Ja dann hat sie gesagt
ich brauche nicht mehr heimzukommen
*Lacht*
Und dann

DIE FRAU
Sie will nicht
*Bricht ab, lacht*

DER MANN
Nein
*Kurze Pause*
mir auch egal eigentlich
ja
*Pause*

schon okay
völlig okay
*Die Frau sieht ihn an*
Habe ich zu ihr gesagt

DIE FRAU
Aber das ist nicht ihr Ernst
was
das sagt sie nur so

DER MANN
Nein
bestimmt nicht
sie war einfach
*Bricht ab*
Aber ja

DIE FRAU
Das hat bestimmt nichts zu bedeuten
was
*Der Mann zuckt mit den Schultern*
Du hättest doch sagen können
ja irgendwas
und
ja
*Sieht ihn an*
das war doch nur
irgendwer
was

DER MANN
Ja
*Er streckt die Hand vor, an der der Ehering war,*
*jetzt ist nur noch der Abdruck zu sehen*

DIE FRAU
Nein
oder

DER MANN
Aber du

DIE FRAU
Ja

DER MANN
Bist du nicht

DIE FRAU
Deine Frau

DER MANN
Ja

DIE FRAU
Nein

DER MANN
Hast du gesagt
Ich bin deine Frau
hast du gesagt
Weißt du noch

DIE FRAU
Ja
*Lacht*
Gesagt hab ich das schon

DER MANN
Also

DIE FRAU
Ja gesagt hab ich das schon
*Lacht*
Und dann hast du eine Frau gekriegt
was
nicht

*Der Mann nickt*
Deine Frau
ich
ja
*Sie nimmt ihn in den Arm, sieht ihn an*
Deine Frau
was
*Lacht*
*Pause*
Aber du
ja ich glaube ich muss jetzt
ich will noch

DER MANN
Du musst gehen

DIE FRAU
Ja

DER MANN
Hast was vor
*Die Frau nickt*
Aber können wir nicht

DIE FRAU
Doch
uns sehen
meinst du
*Der Mann nickt*
Können wir schon

DER MANN
Aber du
ja
ja
ja
und dann haben sie von der Arbeit angerufen
ja

und dann
ja sie haben gefragt was los war
mit dem Termin
und ich habe gesagt dass der andere
nicht gekommen ist
und dann

DIE FRAU
Ja

DER MANN
Ja und sie haben gesagt
dass er angerufen hat
und gesagt hat dass ich nicht gekommen bin
er war nicht sicher ob er
was missverstanden hatte
oder so
ja
und er hätte angerufen
und ich wäre nicht drangegangen
obwohl das Hotel sagte
ja dass ich auf dem Zimmer war

DIE FRAU
*Etwas abwesend, wie in Gedanken*
Und du
was hast du gesagt

DER MANN
Ja ich habe gesagt
ja was habe ich gesagt
Ich habe gesagt ich war da
aber der andere nicht
und dann haben sie gefragt wo ich war
und ich habe gesagt da wo wir verabredet waren
und dann hat mein Chef gesagt der den ich treffen sollte
war auch da gewesen
ja
und dann haben sie nach der Zeit gefragt

und ich habe es gesagt
und dann hat er gesagt jetzt versteht er gar nichts mehr
Das stimmt nicht
hat er gesagt
Ich lüge doch nicht etwa
hat er gesagt
Was soll das alles bedeuten
hat er gesagt
Und dann habe ich gesagt
weißt du was ich gesagt habe
Ich habe gesagt
Und ich weiß nicht warum ich das gesagt habe
Ich habe gesagt
Ja ich höre auf
das habe ich gesagt
Ich kündige
habe ich gesagt

DIE FRAU

*Immer noch etwas abwesend*
Du hast deinen Job gekündigt
*Der Mann nickt*
Du willst nicht mehr
*Der Mann schüttelt den Kopf*
Nein nein
*Pause*
*Ziemlich desinteressiert*
Aber warum
Du brauchst doch das Geld
Arbeit
brauchst du doch
alle brauchen welches
müssen doch arbeiten
was

DER MANN

Ja schon
aber

DIE FRAU

Und sie
deine Frau da

DER MANN

Ja sie

DIE FRAU

Sie hat gesagt du brauchst nicht mehr heimzukommen

DER MANN

Ja
*Lacht*
aber ich
ja sie meint das bestimmt nicht so

DIE FRAU

Nein bestimmt nicht
*Pause*
Aber du
Ich sollte jetzt mal
Ja ich

DER MANN

Musst du gehen

DIE FRAU

Vielleicht
ich weiß nicht ganz
ich sollte

DER MANN

Nein du darfst nicht gehen
nicht schon wieder
nein

DIE FRAU

Aber ich
ja

wir können uns vielleicht später treffen
wenn du willst
Ich müsste

DER MANN
Ja

DIE FRAU
Ich müsste
Ich muss gehen
okay
Muss mich beeilen
*Steht auf, der Mann bleibt sitzen*

DER MANN
*Spricht ihr hinterher*
Aber du
warte
*Die Frau bleibt stehen, dreht sich um*
Du kannst nicht einfach gehen
was
*Steht auf*

DIE FRAU
*Seufzt*
Was ist denn
jetzt
noch

DER MANN
Nichts
ähm

DIE FRAU
Aber du

DER MANN
Ja
*Pause*

DIE FRAU
Wohnst du noch im selben Hotel

DER MANN
Ja
*Pause*

DIE FRAU
Aber ich weiß nicht

DER MANN
Können wir uns nicht hinsetzen
bisschen reden
können wir nicht

DIE FRAU
Ich weiß nicht ob ich
*Bricht ab*

DER MANN
Nein
vielleicht nicht
*Pause*

DIE FRAU
Wann fährst du

DER MANN
Ich weiß nicht
*Pause*

DIE FRAU
Aber ich

DER MANN
Können wir uns nicht hinsetzen
bisschen reden
nur du und ich

können wir nicht
auf der Bank
wir zwei
*Kurze Pause*
wir
unsere Bank
ja
oder

DIE FRAU
Doch
können wir schon
*Sie setzt sich wieder auf die Bank*
*Pause*

DER MANN
Schön dich wieder zu sehen

DIE FRAU
Ja
*Pause*

DER MANN
Du hast nicht nach mir gesucht

DIE FRAU
Nein
*Kurze Pause*
doch vielleicht
*Pause*

DER MANN
Aber du
Nein nichts

DIE FRAU
Was hast du gemacht
ja ich meine

DER MANN

Nichts Besonderes
*Kurze Pause*
im Bett gelegen
ja im Hotel
so in der Art
und
*Pause*
Und du

DIE FRAU

Nichts Besonderes
eigentlich nichts

DER MANN

Nein
*Pause*

DIE FRAU

*Etwas besorgt*
Sollen wir gehen
vielleicht
oder

DER MANN

Gern
ins Hotel vielleicht
Ich hab das Doppelzimmer noch

DIE FRAU

Ich weiß nicht
ganz
ich
*Pause*
Aber

DER MANN

Bist du oft hier

DIE FRAU

Hier in der Ecke
ja
Manchmal
Hmhm
ja
*Kurze Pause*
aber nicht so oft
*Pause*

DER MANN

Wir gehen in mein Zimmer

DIE FRAU

Ja
*Der Mann steht auf, reicht der Frau die Hand, sie nimmt die Hand, und sie gehen Hand in Hand nach links ab. Licht weg. Dunkel*

## IV

*Dunkel. Licht an. Das Doppelbett. Die Frau und der Mann kommen von links, sie lassen ihre Hände los, bleiben stehen und schauen einander an*

DER MANN

*Etwas glücklich*
Ja jetzt sind wir hier
ja

DIE FRAU

Ja
*Pause*

DER MANN
Aber du erkennst es wieder
weißt noch wie

DIE FRAU
Ja
klar
*Pause*

DER MANN
Willst du was trinken

DIE FRAU
Noch nicht
nein
*Pause*
Wann fährst du ab

DER MANN
Ich weiß nicht

DIE FRAU
Du weißt nicht

DER MANN
Nein was soll denn
*Bricht ab*

DIE FRAU
Wie bitte

DER MANN
Nein
ich
ja
ja vielleicht fahre ich gar nicht
*Lacht kurz*

DIE FRAU
Du fährst nicht

DER MANN
Nein
ich
ja
*Lacht kurz*
vielleicht
ja vielleicht bleibe ich hier
ja also nicht hier
hier kann ich ja nicht bleiben
meine ich
aber

DIE FRAU
Du bleibst hier
Nein das kannst du nicht

DER MANN
Warum

DIE FRAU
Nein
das geht nicht

DER MANN
Aber
Ich fahre nicht nach Hause

DIE FRAU
Doch du musst
du wirst
ja
*Sie greift nach seiner Hand*
du wirst sonst so unglücklich
dein Haus
deine Kinder

*Etwas fragend*
zwei Kinder
nicht wahr
*Der Mann nickt*
Frau und Kinder

DER MANN
Ja

DIE FRAU
Heim und Familie
*Kurze Pause*
Du hast so ein Glück
hast eine Familie
Arbeit
all das
*Lässt seine Hand los*

DER MANN
Ja
vielleicht
Aber du

DIE FRAU
Ja

DER MANN
Du fehlst mir

DIE FRAU
Ich fehle dir
nein jetzt hör auf
*Lacht*
Du weißt nicht
*Bricht ab*
Du musst nach Hause fahren
Sonst wirst du
so unglücklich

DER MANN

Das macht nichts

DIE FRAU

Aber

DER MANN

Ich meine das ernst
also
*Pause*

DIE FRAU

Du kannst nicht
Das geht nicht
Ich
*Bricht ab*
*Pause*
*Lächelt ihn an*
Aber ich bin ja trotzdem
deine Frau
ich
also
also
Und vielleicht
vielleicht du und ich
also wir könnten vielleicht
nein
nein jetzt rede ich Unsinn
*Lächelt ihm wieder zu*
Aber deine Frau
Und deine Kinder
*Der Mann nickt*
Und deine Arbeit
all das
Und dein Haus
Du hast ein Haus
*Der Mann nickt wieder*
Nein das geht nicht

das
das ist ja

DER MANN
Wir können wegfahren
woandershin

DIE FRAU
Nein jetzt hör auf
Können wir nicht
nein

DER MANN
Können wir schon

DIE FRAU
Nein
Jetzt bist du aber
ja
*Pause*
*Sie stehen da und schauen einander an, dann zieht sie den Mantel aus, legt ihn auf den Boden und steht da, in einem Äußerst kurzen roten Lackrock und Netzstrümpfen*
Siehst du
ja
*Der Mann nickt*
Hübsch
was
*Der Mann nickt wieder*
Sehr hübsch
ich
was
Hast du schon mal so eine hübsche Frau gesehen
hast du nicht
was
*Kurze Pause*
Also komm
komm schon

willst du nicht
Komm her
*Der Mann geht zu ihr, sie nimmt seine Hand*
Du verstehst
was
Und jetzt sollen wir also
du und ich
zusammen wegfahren
Willst du das
*Lacht kurz*
Was
Das willst du

DER MANN
Ja

DIE FRAU
Wegfahren
du und ich
so was
weg hier
Woandershin
Was
*Der Mann nickt*
Und fertig
Was
*Der Mann nickt*
Und dann sind wir
nur du und ich
dort
Was
*Der Mann nickt*
Und niemand weiß wo wir sind

DER MANN
Nein niemand

DIE FRAU

Eine ganz andere Stadt
Ja

DER MANN

Ja

DIE FRAU

Und nur du und ich

DER MANN

Ja
nur wir zwei
du und ich
*Lässt ihre Hand los, geht zum Bett und legt sich hin, schaut in die Luft, sie bleibt stehen, dann schaut er sie an*
Können wir
wenn du willst

DIE FRAU

*Geht zu ihm, setzt sich rittlings auf ihn, knöpft ihm die Hose auf*
Machen wir
könnten wir machen
Nein können wir nicht
Das geht nicht
das weißt du doch
Dummkopf

DER MANN

Doch

DIE FRAU

Nein
das musst du verstehen
was
So was geht nicht

DER MANN
Doch

DIE FRAU
So was geht

DER MANN
So was geht

DIE FRAU
Wir fahren weg

DER MANN
Können wir

DIE FRAU
In eine andere Stadt

DER MANN
Ja
ganz woandershin

DIE FRAU
Du liebst mich

DER MANN
Ja

DIE FRAU
Liebst mich sehr

DER MANN
Ja

DIE FRAU
Das geht nicht

DER MANN
Doch das geht

DIE FRAU
So ist das nicht

DER MANN
Doch

DIE FRAU
Ja vielleicht

DER MANN
Wir machen es

DIE FRAU
Ganz woandershin

DER MANN
Ja

DIE FRAU
*Legt sich neben ihn, und er umarmt sie, sie umarmt ihn*
So ist das nicht

DER MANN
Alles ist so
*Licht aus. Dunkel*

*Jon Fosse – Ein Porträt aus Selbstaussagen*

«Das wichtigste Erlebnis meines Lebens: Ich war sieben Jahre alt, ich sollte Saft für meine Mutter holen. Ich ging los, am Haus entlang und in den Keller. Auf dem Weg zurück rutschte ich auf dem Eis aus, schlug die Flasche kaputt und schnitt mir die Pulsader auf. Ich war sicher, dass ich sterben würde. Als sie mich zum Arzt fuhren, dachte ich: ‹Jetzt sehe ich das Haus zum letzten Mal.› Aber ich freute mich, ich hatte keine Angst. Ich sah mich von außen, so nah war ich dem Tod. Diese Perspektive, dieser Abstand – wenn ich heute darauf zurückblicke, weiß ich, dass ich von da an ein Schriftsteller war.»

Jon Fosse wurde 1959 in der norwegischen Küstenstadt Haugesund geboren. Dort im Süden, in der Gegend am Hardangerfjord, verbrachte er seine Kindheit und Jugend. «Die Klänge von Strandebarn liegen allem, was ich schreibe, zugrunde. Die Finsternis des Herbstes. Der Zwölfjährige, der einen schmalen Dorfweg hinuntergeht. Der Wind und der peitschende Regen, der Fjord braust. Ein einsames Haus mit Licht im Fenster. Vielleicht kam ein Auto vorbei ... Ich wuchs mit dem ständigen Blick aufs Meer auf. Ich liebe diesen Blick, und er bestimmt sehr stark mein unbewusstes Empfinden. Sehe ich längere Zeit das Meer nicht, habe ich das Gefühl, etwas stimme nicht.»

1975 zog Fosse nach Bergen und studierte Vergleichende Literaturwissenschaft. Später wurde er Dozent an der Akademie für Kreatives Schreiben in Hordaland. Seit Anfang der 90er Jahre arbeitet er als freier Schriftsteller und lebt mit seiner Frau und seinen zwei kleinen Töchtern in Bergen, ebenso wie sein mittlerweile erwachsener Sohn aus erster Ehe. Nahe Bergen, am Osterfjord, liegt auch sein kleines Landhaus, wohin er sich zum Schreiben zurückzieht. «Isolation ist lebensnotwendig für mein Schreiben. Wenn ich kein ruhiges Leben führen kann und kein besonders geselliges, kann ich meine Arbeit nicht machen. So einfach ist das ... Sehr viele Norweger besitzen eine Hütte auf dem Land, oft an einem Ort, wo es möglichst wenig andere Menschen gibt ... irgendwie sind wir Einzelgänger, *loners*, viele von uns ... Ich mag beides, die Stadt und das ruhige Leben. Wenn ich einfach nur für mich entscheiden könnte, würde ich lieber auf dem Land leben. Ich habe aber Kinder, und die brauchen andere Menschen um sich herum.»

«Kleine blöde Gedichte und kurze Geschichten schrieb ich schon, als ich noch ganz jung war. Ich spürte zu allem eine gewisse Distanz und dachte, ich würde die meisten Dinge völlig anders empfinden als die anderen. Mein erster Roman entstand auf dem Gymnasium. Den habe ich keinem gezeigt und auch nicht an Verlage geschickt. Mir gefiel das Schreiben an sich.» Zugleich war zu dieser Zeit ein anderes Medium mindestens ebenso wichtig: «Ich spielte früher Musik, äußerst intensiv. In einer Rockband und außerdem klassische Musik auf der Geige und der Gitarre, sechs- bis siebenmal am Tag – fast schon krankhaft. Ich war allerdings ein schlechter Musiker und hörte damit auf, als ich sechzehn war. Als ich mit dem Schreiben richtig anfing, war es für mich wie Spielen, auch physisch, auf der Tastatur der Schreibmaschine. Ich behandelte Geschichten und ihre Sprache wie Musik. Mittlerweile bin ich aber älter geworden und sitze beim Schreiben still und ruhig da … Während vieler Jahre hörte ich überhaupt keine Musik, als junger Mann hatte ich einfach zu viel davon. Erst jetzt, seit einem halben Jahr vielleicht (1999), habe ich wieder damit angefangen, allerdings momentan einzig und allein Bach, das ist manchmal so, wie wenn ich komponieren würde … Sprache an und für sich ist natürlich keine Musik, die Wörter bedeuten, was sie eben bedeuten, es gibt eine Geschichte, es gibt Figuren usw. Doch wenn ich schreibe, kümmere ich mich darum nicht so sehr, ich kümmere mich um gar nichts und gerate stattdessen in eine Art von musikalischer Struktur hinein … Natürlich denke ich irgendwie, habe eine Art von Bewusstsein, aber es gleicht eher einem Traum im Wachzustand … Ich versuchte in der Sprache die Stimmungen und die Dynamik in der Musik herzustellen. So entstand keine experimentelle Prosa, das wollte ich nicht, sondern es entwickelte sich wie in einem musikalischen Akt eine seltsame Prosa mit eigenen Strukturen und vielen Wiederholungen. Und obwohl ich kein Schriftsteller werden wollte, schrieb ich einen ersten Roman.» 1983 wurde er unter dem Titel *Raudt, svart* [*Rot, schwarz*] veröffentlicht. Sein zweiter Roman, *Stengd gitar* [*Verschlossene Gitarre*], brachte ihm 1985 den Durchbruch in Schweden, was ihm in Norwegen schließlich 1989 mit seinem dritten, *Naustet* [*Das Bootshaus*], gelang. Weitere Romane folgten, dazu Gedichtsammlungen, Essays, Kinderbücher und Übersetzungen (u. a. von Thomas Bernhard). 1996 erhielt er für *Melancholia I* (1995 entstanden, im Jahr darauf mit *Melancholia II* fortgesetzt und auf Deutsch 2001 in einem Band unter dem Titel *Melancholie* erschienen) den Melsom-Preis, der ihm ein zweites Mal 2001 für *Morgen und Abend* (*Morgon og Kveld*) verliehen wurde.

Dass Fosse mittlerweile auch als Dramatiker berühmt ist, verdankt sich einem Zufall: «Ich mochte das Theater nicht und sagte mehrmals, beispielsweise in Interviews, dass ich das Theater, zumindest das norwegische Theater, eigentlich hasse. Das ‹Ins-Theater-Gehen› wurde für mich in der Regel zu einem ‹Aus-dem Theater-Gehen›, und zwar in der Pause. Ich musste so schnell wie möglich wegkommen von diesem schmierigen kulturellen Konsens, der mir meinen Lebensmut zu nehmen drohte … Dann bekam (der Regisseur) Kai Johnsen ein Engagement am Theater in Bergen. Seine ersten Produktionen waren Texte von Samuel Beckett und Heiner Müller, und Kai wollte, dass ich ihnen Gesellschaft leiste. Ich fand, dass ich mich mit diesen Autoren nicht messen könnte und auch keinerlei Ambitionen für die Bühne hätte, und schlug ihm vor, er könnte einen meiner Romane dramatisieren. Es gab dann trotzdem ein Angebot, für meine Verhältnisse gutes Geld für die ersten fünf Seiten und die Synopsis eines Stückes. Damals war ich ziemlich knapp bei Kasse, und ich sagte zu. Im Spätherbst 1992 setzte ich mich also erstmals hin, um in der Form von ER und SIE zu schreiben, mit Regieanweisungen dazwischen. Ich entschied mich, nur wenige Figuren auftreten zu lassen, in der Einheit von Ort und Zeit. Die Zuschauer sollten während etwa einer Stunde einen intensiven Moment erleben und damit in gewisser Weise ihren Blick auf das Leben verändern. Ich schrieb es fast in einem

Zug, ohne Kenntnis der Theaterregeln, mehr oder weniger entwickelt aus meinen Romanen und meiner Lyrik. Was für eine Überraschung! Es entstand eine Art Lied. In kurzer Zeit hatte ich mein erstes Stück (*Da kommt noch wer*) fertig. Und ich hatte das Gefühl, damit etwas erreicht zu haben, was mir mit Lyrik oder Prosa nicht gelungen war, etwas hervorgebracht zu haben mit Worten und – gleichermaßen wichtig – mit Schweigen. Das Wort ‹Pause› ist ja das am häufigsten vorkommende in meinen Stücken. Anfangs dachte ich, meine Romane wären sehr weit von Theaterstücken entfernt. Sie spielen zwar in einer relativ kurzen Zeitspanne, und es gibt nur wenige Figuren in ihnen, allerdings einige entscheidende Momente von Handlung, die das Ganze intensivieren, und sie sind weniger episch als lyrisch. Kai Johnsen und einige andere dachten, dass eine solche Struktur auch ein Stück ergeben könnte. Sie hatten Recht, obwohl ich es erst nicht glauben wollte. Ich wusste also, dass ich einen guten Text geschrieben hatte, aber ich war mir nicht sicher, ob er auf der Bühne funktionieren würde. *Da kommt noch wer* wurde dann mehrmals inszeniert und lief sehr gut. Ich entdeckte neue Möglichkeiten in meinem Schreiben, mehr oder minder gegen meinen eigenen Willen. Sehr rasch wurde ich nach meinen Figuren, nach dieser neuen Art Genre süchtig. Ich schrieb weitere Stücke, und heute muss ich sagen, dass ich in erster Linie Dramatiker bin und – obwohl ich diesen Gedanken nicht mag – dass all mein anderes Schreiben gewissermaßen eine Vorbereitung für diese Stücke gewesen ist.» Noch vor *Da kommt noch wer* wurden jedoch 1994 *Og aldri skal vi skiljast* [*Und trennen werden wir uns nie*] und 1995 *Der Name* uraufgeführt (s. Anhang). «Ich weiß noch, wie ich das erste Mal ein Stück von mir sah, bei einer Probe. Es stand noch auf ganz wackligen Füßen, wie ein Fohlen, das zum ersten Mal versucht hochzukommen. Aber dann stand es.» Mittlerweile hat Jon Fosse fünfzehn Dramen verfasst, die quer durch Europa erfolgreich sind. Für *Der Name* wurde er 1996 mit dem renommierten Ibsen-Preis ausgezeichnet, für *Sommertag* 2000 mit dem Nordischen Theaterpreis, und im selben Jahr erhielt er nach der deutschsprachigen Erstaufführrung von *Der Name* bei den Salzburger Festspielen den österreichischen «Theateroscar» Nestroy als bester Autor.

«In meinem Heimatort ist es sehr ruhig, besonders im Winter. Die Leute reden nicht viel. Wenn sie etwas sagen, ist es voller Ironie. Ihre zweifellos starken Gefühle drücken sie nicht direkt aus. Dort aufgewachsen zu sein hat mit meiner Sprache viel zu tun.» In Norwegen stehen sich, als Folge des nationalistischen Sprachenstreits des 19. Jahrhunderts, bis heute zwei Varianten der Schriftsprache gegenüber: das urbane Bokmål, das sich in der Wirtschaft und Presse weitgehend durchgesetzt hat, sowie das vor allem in Westnorwegen dominierende Nynorsk (Neunorwegisch), in dem Fosse schreibt und über das die Städter meist die Nase rümpfen. «Die Bühne ist jenseits der Wirklichkeit, das ist diese Sprache auch. Nynorsk ist eine konstruierte, offizielle Sprache, die auf norwegischen Dialekten und dem Altnorwegischen basiert, und normalerweise sprechen die Leute, die Nynorsk schreiben, in Dialekten. Im Theater allerdings, im Fernsehen oder wenn ein Priester bei einer Beerdigung spricht, wird sie als literarische Sprache benutzt. Aber niemand spricht sie wirklich so, wie ich sie schreibe, in einer korrekten Art und Weise, ohne Dialekt. Andererseits benutze ich eine Reihe von Sprachmustern aus der Umgangssprache: man wiederholt sich, bricht mitten im Satz ab ... sehr normale Dinge beim Reden. Ich schreibe also in einer Mischung aus literarisch klingender Sprache und gesprochener Sprache ... Dazu kommt, dass ich sie auf meine ganz eigene Weise schreibe; da ist beispielsweise der Rhythmus und das Modell der Wiederholungen. So ist es auch eine Art von eigener Kunstsprache. Das Nynorsk hat große Ähnlichkeit mit einer alltäglichen Umgangssprache in einigen Gebieten Norwegens. Wenn meine Stücke in Norwegen gespielt werden, denken viele Zuschauer, dass die Schauspieler aus den entsprechenden Gebieten kommen. Es hört sich ein wenig nach Dialekt an, ist es aber nicht. Wichtig ist auch der Klang der Sprache, sie lebt beispielsweise sehr von den Vokalen. In Norwegen lässt sie sich gut für Gedichte verwenden, ich denke, aufgrund ihres Klangs und ihrer Materialität, wobei ich sie damit nicht auf diese rein poetischen Qualitäten reduzieren will … Meine Stücke bestehen aus leerem Gerede, das mit Emotionen aufgeladen ist, oder Durchschnittserfahrungen mit verborgenen Absichten. Die Position der Sprache, die Art und Weise, wie man ein einzelnes Wort ausspricht, ist sehr wichtig. Es gibt immer viele Jas und Neins in meinen Stücken – und sie alle meinen ganz verschiedene Dinge. Für mich bedeuten die Texte einen enormen Kampf mit der Sprache, (und) ihre Dramatik gründet im fast Unhörbaren, im Pulsschlag, der sich dort regt. In einem Roman kann man nicht abbrechen und die ‹Pause›, den Sog, die Energie mitspielen lassen. Im Theaterstück fällt es leichter als in der Prosa, das unsichtbar Gegenwärtige zu fassen.»

«Ich schreibe – was die Form, nicht die Bedeutung angeht – geschlossene Texte, ohne dass ich etwas verrätseln möchte, denn ich schreibe, was ich weiß … Wenn sie sich auf einen konkreten sozialen Kontext beziehen lassen, dann war das nicht meine Absicht. Andererseits habe ich auch nichts dagegen: Die Bilder der Leere, die ich entwerfe, können etwas über unsere Gesellschaft aussagen, sie zeigen das jedoch implizit. In dieser Hinsicht ist mein Schreiben durchaus ein kritischer Kommentar, politisch, wenn man so will … Ich bin bloß ein Schriftsteller und habe mich immer als Außenseiter gefühlt. Zugleich habe ich jedoch auch mein Universitätsstudium abgeschlossen und bin ein angesehener Autor. Die Menschen, über die ich schreibe, sind ein bisschen außenseiterisch, aber nicht im sozialen Sinn. Ich schreibe nicht über ihr Leben als Arbeiter oder Angestellte. Es hat mir nie gefallen, die Geschichte eines Doktor Soundso zu hören. Ich statte meine Figuren nicht mit Namen, Beruf und biographischem Hintergrund aus. Mir erschienen diese Charakterisierungen als zu bürgerlich. Ich wollte die Figuren als ER und SIE, so war es auch schon in den Romanen. In dieser Hinsicht bin ich kein realistischer Autor – oder vielleicht ein realistischerer Autor, wie ich es einschätze … Ich kann allerdings sagen, dass ich aus der Perspektive der Verlorenen schreibe. Aber wer ist nicht verloren? … Bei meinen Figuren würde ich von gewöhnlichen Menschen sprechen. Es sind Arbeiter, Studenten, glücklose Künstler, die nicht das Bewusstsein haben, zu irgendeiner Klasse zu gehören. Sie können sich nicht so recht ausdrücken, andererseits wollen sie es auch nicht. Außerdem weiß beispielsweise in Familiensituationen der eine schon immer, was der andere sagen will, noch bevor er es gesagt hat. Oft denke ich sogar, dass sich meine Figuren nur allzu gut kennen und jedes Wort verstehen und deshalb gar nicht so viel reden müssen, weil alles schon gesagt wurde. Es herrscht ein Mangel an Kommunikation, aber paradoxerweise häufiger noch fast ein Übermaß ... Ich mag meine Figuren, selbst wenn sie manchmal dumm sind. Ich halte es für wichtig, in Theaterstücken nicht moralisch Partei zu ergreifen, zu sagen, der eine hat Recht, der andere Unrecht, und Urteile abzugeben. Das möchte ich als Autor nicht, eigentlich möchte ich erreichen, dass in meinen Stücken alle im Recht sind, und wenn man so will, liegt auch in dieser Absicht eine Art Moral. Alle meine Figuren haben Fehler, sicher, wie wir alle – genauso wie sie alle im Recht sind ... Menschen haben keinen eindeutigen Charakter. Als Autor interessiere ich mich nicht für Psychologie und beschreibe wahrscheinlich eher Archetypen als Charaktere. Ich will die Beziehungen zwischen ihnen schildern. Nicht Identität, sondern Beziehungen steuern unser Leben. Und keine andere Kunstform außer dem Theater kann dieses soziale Spiel abbilden ... Meine Stücke brauchen eine gewisse Coolness, eine ganz präzise Coolness, dann kann eine große Emotionalität entstehen. Auch wenn die Figuren Emotionen ausdrücken – sie sind eigentlich nicht so wichtig. Die wichtigen Emotionen liegen im Raum dazwischen ... Ich schreibe Bilder dessen, was zwischen Menschen vorgeht, auf einer Ebene, die mit sozialer Dynamik zu tun hat, sie aber nicht verortet. Sie kommen sich nahe und trennen sich, sie verletzen einander, sie erfreuen einander, sie erschaffen sich gegenseitig. Mich interessiert dieses seltsame Kraftfeld und was sich in ihm an Situationen und Stimmungen abspielt. Dort bewegen sich meine Stücke, nicht in der Psychologie ... Mir geht es eher darum, wie die Figuren sich gegenseitig konstituieren, wie sie ihre

Beziehungen gestalten und welche ‹Sounds› es zwischen ihnen gibt. Sie sind für mich ein schwarzes Stück Papier. Dessen Umriss ist der Sound … Beim Schreiben eines Stückes bewege ich mich im selben Raum wie sie und analysiere ihre Geschichten nicht. Ihre Unsicherheit ist immer auch die meine. Ich denke, dass die Menschen mehr oder weniger auf der ganzen Welt eine gewisse Distanz nötig haben. Man will zwar mit anderen zusammen sein, gleichzeitig aber auch seinen Freiraum haben. Das ist, denke ich, eine sehr grundsätzliche Struktur. Aber natürlich sind meine Figuren in dieser Hinsicht sehr überhöht.»

«Ich denke, dass alles, was ich schreibe, zusammenhängt und dass ich so an einem einzigen langen Text arbeite. Zugleich besteht jedoch dieser lange Text aus Texten verschiedener Gattungen, die – falls sie gut geschrieben sind – ihre eigene Welt haben … Ich schreibe keine Fragmente, sondern ganz exakte, formal geschlossene Texte, für die ich ihre je eigenen Regeln aufstelle, auch wenn das nicht unbedingt ein bewusster, sondern fast ausschließlich ein intuitiver Vorgang ist … Wobei ich nie abends schreibe. Da bin ich weich in der Seele und sentimental. Ich will kalt und klar sein. Es stört mich sehr, dass man von meinen Romanen und Theaterstücken immer wieder auf autobiographische Hintergründe schließt. Würde ich autobiographisch schreiben, käme nur Mist heraus. Ich bin ein Autor des Fiktionalen, sonst würden meine Texte keine Flügel bekommen … Sie sollen SEIN, nicht BEDEUTEN … Für mich ist es entscheidend, dass ich in etwas Unbekanntes hineingehe – das ist die Magie der Sache. Ich sitze da, in meiner Hütte über dem Fjord, und weiß noch nichts, und dann mache ich diese Reise. Wenn das Schreiben gut läuft, komme ich mit einer neuen Geschichte, mit einer neuen Sprache und neuen Metaphern zurück. Um das Gefühl zu haben, dass ein gutes Stück entstanden ist, muss ich davon überzeugt sein, im Unbekannten gewesen zu sein und dort etwas Neues gefunden zu haben. Ich höre einer Sache zu, die ich noch nicht kenne. Nach dem Zuhören gerät sie in Bewegung, und ab einem bestimmten Punkt tritt sie hervor ... Seit ich für das Theater schreibe, habe ich keine andere literarische Form der Fiktion verwandt, woraus sich schlussfolgern ließe, der Theaterfeind habe angefangen, sich zumindest für eine gewisse Zeit hauptsächlich als Stückeschreiber zu betrachten. Die Kunst, die das Theater und die Dramatik umfasst (wenn es sich wirklich um Kunst und nicht nur um Unterhaltung, Erziehung oder politische Diskussion handelt), muss vor allem durch ihre Form ausdrücken, was sie ausdrücken soll, und ich verwende hier das Wort ‹Form› im weitesten Sinne, worunter ich eher eine Haltung denn einen Begriff verstehe. Was für die einen Inhalt ist, ist Form für den Künstler, sagte Nietzsche. Dabei klinge ich fast, als sei ich ein Theoretiker, was ich nicht bin. Ich bin ein praktischer Mensch, ein praktischer Schriftsteller. Und darin liegt ein weiterer Grund, warum ich so gerne für das Theater schreibe. Theater ist sehr konkret, man kann als Schriftsteller nicht betrügen und muss wahre Substanz liefern, man kann sich nicht hinter einer ideologischen, politischen oder irgendeiner anderen Abstraktion verstecken. Friedrich Hegel, der ein Mensch von höchster Abstraktion war, schrieb: ‹Die Wahrheit ist immer konkret.› Anders gesagt: Theater ist die menschlichste und für mich die eindrücklichste aller Kunstformen.»

Zusammengestellt von Nils Tabert nach folgenden Quellen: Jon Fosse, «Ich, als Theaterautor» (Theater der Zeit, Mai 2000); Thomas Irmer, «Die Musik der stillen Stimme» (Interview mit Jon Fosse, Theater der Zeit, September 2000); Andrea Schwieter, «Meister der Zwischenräume» (Interview mit Jon Fosse, Programmheft zur DSE von *Die Nacht singt ihre Lieder* am Schauspielhaus Zürich); Sandra Krämer, «Jon Fosse – Ein neues Nordlys am skandinavischen Theaterhimmel» (Mykenae, 23. Januar 2001); Aldo Keel, «Vom Fjord in die Welt» (Neue Zürcher Zeitung, 29./30. Juli 2000)

Die Stücke von Jon Fosse in der Reihenfolge ihres Entstehens (Deutsch von Hinrich Schmidt-Henkel):

Da kommt noch wer
*(Nokon kjem til å komme)*
Abgedruckt in Theater heute, Heft Januar 2000
Uraufführung (U): 26. 5. 1996 Det Norske Teatret, Oslo (R: Otto Homlung)
Deutschsprachige Erstaufführung (DSE): 22. 9. 2001 Düsseldorfer Schauspielhaus (R: Jürgen Gosch)

Og aldri skal vi skiljast
*[Und trennen werden wir uns nie]*
U: 25. 2. 1994 Den Nationale Scene, Bergen (R: Kai Johnsen)

Der Name
*(Namnet)*
Abgedruckt in Theater der Zeit, Heft Mai 2000, sowie im Programmheft der deutschsprachigen Erstaufführung
U: 27. 5. 1995 Den Nationale Scene/Bergen Festspiele (R: Kai Johnsen)
DSE: 6. 8. 2000 Salzburger Festspiele in Koproduktion mit der Schaubühne am Lehniner Platz, Berlin (R: Thomas Ostermeier)

Der Gitarrenmann
*(Gitarmannen)*
Monolog
U: 7. 1. 1999 Cinnober, Göteborg (R: Svante Aulis Löwenborg)
DSE: 1. 7. 2001 Schauspielhaus Zürich (R: Christoph Marthaler, mit Josef Bierbichler)

Das Kind
*(Barnet)*
U: 4. 9. 1996 Nationaltheatret, Oslo (R: Kai Johnsen)
DSE: 16. 12. 2000 Thalia Theater Hamburg (R: Michael Talke)

Mor og barn
*[Mutter und Kind]*
U: 8. 3. 1997 Nationaltheatret, Oslo (R: Kai Johnsen)

Sonen
*[Der Sohn]*
U: 8. 3. 1997 Nationaltheatret, Oslo (R: Kai Johnsen)

Die Nacht singt ihre Lieder
*(Natta syng sine songar)*
Abgedruckt in Theater der Zeit, September 2000, sowie im Programmheft der deutschsprachigen Erstaufführung
U: 8. 9. 1997 Rogaland Theater, Stavanger (R: Kai Johnsen)
DSE: 27. 9. 2000 Schauspielhaus Zürich (R: Falk Richter)

Sommertag
*(Ein sommars dag)*
U: 9. 1. 1999 Det Norske Teatret, Oslo (R: Gunnel Lindblom)

Traum im Herbst
*(Draum om hausten)*
U: 8. 9. 1999 Nationaltheatret, Oslo (R: Kai Johnsen)
DSE: Oktober 2001 Schaubühne am Lehniner Platz, Berlin (R: Wulf Twiehaus)

Besøk
*[Besuch]*
U: 25. 5. 2000 Den Nationale Scene/Bergen Festspiele (R: Kai Johnsen)

Winter
*(Vinter)*
U: 8. 9. 2000 Rogaland Theater, Stavanger (R: Marit Grønhaug)
DSE: März 2002 Schauspielhaus Zürich (R: Jossi Wieler)

Ettermiddag
*[Nachmittag]*
U: 25. 10. 2000 Theaterhögskolan, Stockholm (R: Stefan Larson)

Vakkert
*[Schön]*
U: 28. 2. 2001 Det Norske Teatret, Oslo (R: Kai Johnsen)

Dødsvariasjonar
*[Todesvariationen]*
U: Herbst 2001 Nationaltheatret, Oslo (R: Terje Mærli)

# Jon Fosse
# **Der andere Name**

Heptalogie I - II

*480 Seiten*

Asle, ein Maler, lebt seit dem Tod seiner Frau allein in einem kleinen Ort bei Bergen, nicht weit entfernt von den Fjorden und dem Meer. Er will nicht mehr malen, was er sieht, sondern was hinter dem Sichtbaren liegt. Seine einzigen Freunde sind sein Nachbar, ein Junggeselle und Fischer, sowie sein Galerist, der in der Stadt lebt. Dort lebt auch ein anderer Asle, der ebenfalls Maler ist, aber trinkt. Dass sie einander in der Weihnachtszeit begegnen, ist das Herzstück des Romans. Auf eindringliche, geradezu betörende Weise erzählt Jon Fosse von den existentiellen Fragen des Lebens, von Liebe und Einsamkeit, Leben und Tod, Glaube und Hoffnungslosigkeit.

# Jon Fosse
# **Morgen und Abend**

*128 Seiten*

In «Morgen und Abend» erzählt Jon Fosse von einem großen Thema, dem Tod. Die Geschichte, in deren Mittelpunkt ein einfacher norwegischer Fischer steht, dessen Leben hart und erfüllt war, öffnet den Blick auf das, wovon heute kaum noch jemand spricht. Eine kunstvoll rhythmisierte, ganz schlichte Erzählung, die bezaubert und berührt.

«Vermutlich hat es in den letzten Jahren kein traurigeres, aber zugleich auch kein fröhlicheres, tröstenderes Buch gegeben über den Morgen des Lebens und den Abend des Todes.» (Elke Heidenreich)

Die Rowohlt Verlage haben sich zu einer nachhaltigen Buchproduktion verpflichtet. Gemeinsam mit unseren Partnern und Lieferanten setzen wir uns für eine klimaneutrale Buchproduktion ein, die den Erwerb von Klimazertifikaten zur Kompensation des $CO_2$-Ausstoßes einschließt.
www.klimaneutralerverlag.de

FSC
www.fsc.org
MIX
Papier | Fördert gute Waldnutzung
FSC® C083411